本书获 2024 年贵州省文化产业发展专项资金资助

本书获 2024 年贵州省出版传媒事业发展专项资金资助

# 遵义三日

遵义，
胜利开始的地方

胡松涛 —— 著

贵州出版集团
贵州人民出版社

**图书在版编目（CIP）数据**

遵义三日 / 胡松涛著. —— 贵阳：贵州人民出版社，

2025. 1. —— ISBN 978-7-221-18932-5（2025.3重印）

Ⅰ. I25

中国国家版本馆CIP数据核字第2024EX6917号

# 遵义三日
### ZUNYI SAN RI

胡松涛 ◎著

| | |
|---|---|
| 出 版 人 | 朱文迅 |
| 策划编辑 | 黄蕙心 |
| 责任编辑 | 张 娜 |
| | 杨 琴 |
| 装帧设计 | 陈 电 |
| 责任印制 | 蔡继磊 |

| | |
|---|---|
| 出版发行 | 贵州出版集团　贵州人民出版社 |
| 地　　址 | 贵州省贵阳市观山湖区会展东路SOHO办公区A座 |
| 印　　刷 | 深圳市新联美术印刷有限公司 |
| 版　　次 | 2025年1月第1版 |
| 印　　次 | 2025年3月第2次印刷 |
| 开　　本 | 889 毫米×1220毫米　1/32 |
| 印　　张 | 8.25 |
| 字　　数 | 167千字 |
| 书　　号 | ISBN 978-7-221-18932-5 |
| 定　　价 | 58.00元 |

# 目　录

# 序

## 何以今天中国？回首遵义会议

陈　晋

　　谈到遵义会议，人们心中总是冒出两个字：转折；最标准的表述是：在党的历史上是一个生死攸关的转折点。

　　何谓"生死攸关"？生死系于一线之悬耳。如果没有这个转折，党和红军的命运，中国革命的命运，不可能在这个历史节点上得以挽救。不能挽救又如何？结论不言自明。

　　何以"转折"？标准的表述是：事实上确立了毛泽东同志在党中央和红军的领导地位，开始确立以毛泽东同志为主要代表的马克思主义正确路线在党中央的领导地位，开始形成以毛泽东同志为核心的党的第一代中央领导集体，开启了党独立自主解决中国革命实际问题新阶段。如果再发挥一下，也可以这样理解转折的内涵：遵义会议，对于中国共产党来说，是不成熟的小党弱党走向大党成熟党的转折；对于人民军队来说，是从大失败走向大胜利的转折；对于中国革命来说，是摆脱危局困局险局死局，走向坦途的转折。所有这些转折，构成中国命运、中华民族命运的伟大转折。所以，读《遵义三日》，脑海里浮现出一句话：何以今天中国？回首遵义会议。

今天距离遵义会议召开已经九十周年。回首遵义会议，更觉得遵义会议的意义之深远，遵义会议的精神之厚重；更觉得遵义会议的历史必须牢记，遵义会议的真谛需要深入挖掘。

胡松涛同志的《遵义三日》，可以作为历史随笔、文化散文或报告文学来看，也可以把它作为努力还原历史场景的简要读本来读。

书写重大历史事件，尊重史实是核心与基础。离开史实的写作，历史的四梁八柱"倒也！倒也！"，只能当"演义"消遣。遵义会议这段历史，中共中央三个历史决议均有定论，参加会议的二十人几乎人人都有或简或详的回忆，还有同时代人的不断追忆，后来者的深入研究……文献史料可谓蔚为大观。尽管如此，要写出一部清晰明了的遵义会议史，也不是一件容易的事情。

这部书篇幅不大，作为"会议史"体裁，叙述却很清晰。作者从大量史料中钩沉人物事迹，考镜源流，贯穿群籍，以"全能叙事"的笔法，将遵义会议前后的历史场景历历如新地呈现在我们面前，写出了中国共产党人独立自主的创造精神、自我革命的巨大勇气、相争为党的无私情怀、转败为胜的政治智慧。该书没有回避历史的复杂纹理，没有将人物标签化和简单化，体现了历史哲学叙事的求真风格。与会者的记忆、目击者的回忆和后来者的追忆，共同的话语与不同的声音相互交织，自如转换，通过对一个个"现场"的描述，复原历史的真相，信而有征。

书写重大历史事件，既要有史实，还要有史识。没有史识的史实，是史料的堆积。把历史写得有"料"又有"识"，需要科学的历史观和辨章学术、玄心洞见的功夫。读一些回忆录可以发现，历史当事人的视角和立场，往往使事情的客观性受到了削弱，像李德的《中国纪事》就存在着这样的问题。重大历史事件的写作，必须具有历史的视野，用客观的立场叙事论事，又要防止"老生之常谭"（《三国志·魏志·管辂传》）。毛泽东有篇名文叫《反对党八股》，"党八股"的叙事最缺的是"见识"与"史识"，往往使生动活泼的历史变成了枯燥的说教。《遵义三日》这本书，以"动荡乾坤——三年多的磨难，造成遵义会议""扭转乾坤——三天的磨砻，完成遵义会议""锦绣乾坤——三个多月的磨合，圆满了遵义会议"为框架，建立起别具一格的"遵义会议时间"，以及这时间背后的空间，进而把三天的遵义会议放在中国革命的历史进程中去描绘，放在共产国际与中国共产党的关系上去理解，描述了遵义会议的前史、现场和后续，不拥有些"见识"和"史识"，很难做到。书中夹叙夹议，记录了遵义会议前后"地平线"上的东西，还通过议论把故事引向"地平线"以外，互动互渗，别有会心处；一些史料被作者挖掘出新意，议论跳脱。

好看的文章必有一支出入文史的史笔。我看到，《遵义三日》在行文中，尝试着把学术与文学糅合起来，既坚持历史叙事，又兼具文学叙事。历史叙事用"消极修辞"，叙写重大事件及关键细节、历史人物及其重要言论，一是一，二是二，是则是，非则非，笔笔有据，准确客观，毫不含糊；文学叙事用"积极修辞"，状写环境风景，临摹人物情感，营造意境，文字有弹性有张力。作者用历史随笔和文化散文的形式书写历史现场，用生动的情节和细节讲述革命故事，字里行间有诗的品质。这就写活了毛泽东、周恩来等一群革命人物。在主干清晰的历史叙事之外，同时继承古代著作"收遗闻"的传统，穿插一些"闲笔"，如枝叶映花。比如"红军的茅台轶事"一节，从一个有趣的切入口切入，插入长征过程中以及长征之后革命者与茅台的故事，貌似闲笔，闲中见精神，透过种种史实，写出了那一代革命者对遵义的感情，同时迂回曲折地揭示出红军故事流转中隐含的语言和传播现象。这样荡开去的笔墨，这样的叙事探索，是难能可贵的。

何以今天？何以中国？恩格斯说："历史就是我们的一切。"遵义会议是一笔巨大的历史遗产。遵义会议是中国共产党最重要的文化标识符号，它是打开中国共产党"成功学"的一把钥匙。遵义会议研究和讨论的是关于生存与死亡、成功与失败、使命与责任、现在与未来的大问题，事关血脉基因，功于再造乾坤。当下时代的所有背景都关联着九十年前的遵义会议。遵义会议中有我们今天前行的"软件"——可资借鉴和学习的丰富资源。打开这款"软件"，读读遵义会议，何尝不是在读我们今天的长征路？！

## 人物表

毛泽东（1893—1976）：参加遵义会议时42岁。时任中共中央政治局委员，中华苏维埃共和国中央执行委员会主席。

张闻天（1900—1976）：化名"洛甫"。参加遵义会议时35岁。时任中共中央政治局委员，中华苏维埃共和国中央政府人民委员会主席。

周恩来（1898—1976）：参加遵义会议时37岁。时任中共中央政治局委员，中共苏区中央局书记，中央革命军事委员会副主席，红军总政委兼红一方面军政委。

朱德（1886—1976）：参加遵义会议时49岁。时任中共中央政治局委员，中央革命军事委员会主席，红军总司令兼红一方面军总司令。

陈云（1905—1995）：参加遵义会议时30岁。时任中共中央政治局委员，中华全国总工会党团书记，中央革命军事委员会纵队政委，遵义警备司令部政委。

博古（1907—1946）：即秦邦宪。参加遵义会议时28岁。时任中共中央政治局委员，党的总负责人。

王稼祥（1906—1974）：参加遵义会议时29岁。时任中共中央政治局候补委员，中央革命军事委员会副主席，红军总政治部主任。

刘少奇（1898—1969）：参加遵义会议时37岁。时任中共中央政治局候补委员，中华全国总工会委员长，红五军团中央代表。

邓发（1906—1946）：参加遵义会议时29岁。时任中共中央政治局候补委员，国家政治保卫局局长。

凯丰（1906—1955）：即何克全。参加遵义会议时29岁。时任中共中央政治局候补委员，红九军团中央代表。

刘伯承（1892—1986）：参加遵义会议时43岁。时任红军总参谋长，中央革命军事委员会纵队司令员，遵义警备司令部司令。

李富春（1900—1975）：参加遵义会议时35岁。时任中共中央候补委员，红军总政治部副主任（代行主任职务）。

林彪（1907—1971）：参加遵义会议时28岁。时任红一军团军团长。

聂荣臻（1899—1992）：参加遵义会议时36岁。时任红一军团政委。

彭德怀（1898—1974）：参加遵义会议时37岁。时任红三军团军团长。

杨尚昆（1907—1998）：参加遵义会议时28岁。时任红三军团政委。

李卓然（1899—1989）：参加遵义会议时36岁。时任红五军团政委。

邓小平（1904—1997）：参加遵义会议时31岁。时任中共中央秘书长，红一军团政治部宣传部部长。

李德（1900—1974）：参加遵义会议时35岁。共产国际驻中共中央军事顾问。

伍修权（1908—1997）：参加遵义会议时27岁。李德的俄文翻译。

一位叫"廉臣"的"医生"这样描述"朱毛"红军进入遵义——

　　"遵义地处黔北要冲，有汽车路北通川边之松坎场，自遵义向南，越乌江而直达贵阳。遵义为黔省通川重庆之要埠，因地处川边，故风俗习惯及商业情形，均与川省有密切关系。遵义城有新旧两城，新城为商业集中之区，旧城为官署与住宅区域。两城之间有小河，中贯以石桥。城中官署庙宇，当时悉被赤军驻满。据闻黔军柏辉章师长之公馆（在旧城）驻有赤军总司令部，朱毛即驻于此。

　　"这些名闻全国的赤色要人，我初以为凶暴异常，岂知一见之后，大出意外。毛泽东似乎一介书生，常衣灰布学生装，暇时手执唐诗，极善词令。我为之诊病时，招待极谦。朱德则一望而知为武人，年将五十，身衣灰布军装，虽患疟疾，但仍力疾办公，状甚忙碌。我入室为之诊病时，仍在执笔批阅军报。见我到，方搁笔。人亦和气，且言谈间毫无傲慢。这两个赤军领袖人物，实与我未见时之想象，完全不同。

"赤军……之作战方法，常以出奇制胜，此均为毛泽东、朱德之特长。故在赤军中，毛泽东有诸葛亮之称。"①

1935年1月7日，红军占领贵州省第二大城市——遵义。

这是自1934年10月离开中央革命根据地进行战略转移以来，红军在黔北打下的第一个重镇。

---

① 陈云：《随军西行见闻录》，载遵义会议纪念馆编、费侃如主编《陈云与遵义会议》，中央文献出版社、党建读物出版社2004年12月版，第32-33、16-17、35页。这是陈云同志为宣传中国工农红军长征，在莫斯科写的一篇文章。为便于在国民党统治区流传，作者署名"廉臣"，并假托一名被红军俘虏的国民党军医。

动荡乾坤

三年多的磨难

造成遵义会议

1935

中央红军终于把十几万"追剿"敌军甩在了乌江以东和以南。中共中央和中央红军终于赢得十几天的时光，喘上一口气，擦干身上的血迹，抚慰身心的创伤。更重要的是，总结失败的教训，思考未来的路如何走下去。

1月9日，毛泽东同张闻天、王稼祥等一起来到遵义，住进遵义新城古式巷原黔军旅长易怀芝的宅邸。

"这么阔气！"张闻天感叹说。这是一栋砖木结构的两层小洋楼。楼上楼下有转着圈的宽敞走廊。窗子上镶嵌着红黄蓝紫色的玻璃。毛泽东住在二楼左前室，王稼祥住二楼右前室，张闻天住在一楼。

一到遵义，毛泽东就更忙了。贺子珍看到，毛泽东一改过去晚睡晚起的习惯，每天一大早起床出去，中午也不回来吃饭，晚上很晚才回来，回来就趴在桌子上写东西，手冻僵了，搓搓手，继续写。

1月14日下午，贺子珍见到街面一家店铺里卖有新鲜的鱼，想起毛泽东几个月没有吃过鱼了，就买了一条鱼回来。傍晚，辣椒烧鱼做好了。毛泽东没有回来。贺子珍从傍晚等到天黑，从天黑等到深夜，还不见毛泽东的影子。她困得睁不开眼，趴在桌子上睡着了。也不知过了多长时间，毛泽东上楼的脚步声惊醒了贺子珍。

贺子珍问："怎么这个时候才回来？吃饭了没有？肚子不饿啦？"

"还没吃饭，顾不上呀！"

"这么晚了，还忙什么？"

"找人谈话嘛。明天就要开会了，得抓紧时间做工作！"

贺子珍连忙把鱼热了一下，端到毛泽东面前。

毛泽东说："来，我们一块吃吧，把你饿坏了吧！"

吃过"晚饭"，毛泽东坐在床前的办公桌前，透过窗子，几乎看到大半个遵义城。

"早点睡吧，明天还要开会。"贺子珍知道即将召开的会议对中国共产党，对红军，对毛泽东多么重要。

毛泽东像是自言自语地说："多灾多难啊，我们这个党。"①

贺子珍眼里浮出一层泪花。她心里想：毛泽东也是多灾多难啊。

初十的月亮已经西斜。夜色下的遵义城像是披着一层霜，长空中仿佛有一声雁叫②。

毛泽东遥望星空，浮想联翩。他想起了中国共产党的历史，想起之前三四年以来中国共产党人遭遇的大磨难……

---

① 毛泽东多次说过这样的话。"多灾多难啊，我们这个党。"毛泽东77岁时又一次感叹。载中共中央文献研究室编《毛泽东传》（六），中央文献出版社2011年1月版，第2554页。

② 毛泽东解释《娄山关》中的"西风烈，长空雁叫霜晨月"说，"雁叫""霜晨"是写当时景象。云贵地区就是这样，昆明更是四季如春。见《对〈毛主席诗词〉中若干句的解释》，载中共中央文献研究室编《毛泽东诗词集》，中央文献出版社1996年9月版，第254页。

# 粪坑里的"菩萨"

他们把我这个木菩萨浸到粪坑里，再拿出来，搞得臭得很。那时候，不但一个人也不上门，连一个鬼也不上门。

——毛泽东

中国共产党自1921年7月诞生以来，有两次"全局性"的失败。

一次是在1927年。蒋介石发动反革命政变，真心诚意与国民党合作的中国共产党被蒋介石血洗。大批中共党员及中共的支持者被杀害，全国五万多党员只剩下万把来人；共产党"非法"，共产党员和共产党的支持者、同情者成为罪名；与"共匪"沾边者，意味着蹲监狱和脑袋搬家。

毛泽东痛心地说，共产党"被人家一巴掌打在地上，像一篮鸡蛋一样摔在地上，摔烂很多"[①]。中国共产党人"无走路之权"，被迫转入地下开展秘密工作，或者上山开展武装斗争。

一次是在1934年。"左"倾教条主义统治全党，中央革命根据地第五次反"围剿"失败，红军被迫离开革命根据

---

[①] 毛泽东：《中国共产党第七次全国代表大会的工作方针》，载中共中央文献研究室编《毛泽东在七大的报告和讲话集》，中央文献出版社1995年4月版，第7页。

地，开始了战略转移——用老百姓的话说，就是打了败仗，走上逃亡之路。

中国共产党的两次"全局性"失败带来的艰难困苦，每一次都沉重地降临在毛泽东身上，使得他的人生更加具有挑战性和戏剧性——

"一九二七年我在武汉时还是个白面书生。"[1]毛泽东说。"像我这样一个人，从前并不会打仗，甚至连想也没想到过要打仗，可是帝国主义的走狗强迫我拿起武器。"[2]"在一九二七年以前，我是没有准备打仗的。……他们用恐怖的杀人办法，逼得我和许多同志向敌人学习，蒋介石可以拿枪杀伤我们，我们也可以拿枪杀伤他们。"[3]"军事对于我们是个黑暗的部门，我们不懂。但是帝国主义和国民党把我们赶在一起，只好去打。"[4]

共产党人的第一次大失败，使得一介书生毛泽东投笔从戎，拿起枪杆子，走上了铁血的武装斗争道路，走上了书生历险的道路，开始书写中国革命的悲壮史诗。

---

[1] 中共中央文献研究室编：《毛泽东文集》（第四卷），人民出版社1996年8月版，第326页。

[2] 毛泽东1965年3月23日接见叙利亚访华友好代表团时的谈话记录。载中共中央文献研究室编《毛泽东传》（一），中央文献出版社2011年1月版，第144页。

[3] 中共中央文献研究室编：《毛泽东年谱（一九四九——一九七六）》（第五卷），中央文献出版社2013年12月版，第352页。

[4] 张素华、张鸣主编：《领袖毛泽东》，中央文献出版社2003年12月版，第86页。

毛泽东与军旅没有联系，他除了当过半年兵，没有任何带领部队的经验，他早期的"朋友圈"中也无军旅行家。仿佛天授奇才，毛泽东在战争中学习战争，显示出天才般的创造精神。

1927年10月中旬至1928年2月，毛泽东在荒山僻野初步建立了中国共产党人的第一块根据地——井冈山革命根据地。一年多工夫，朱毛红军开创了更大的根据地——赣南、闽西革命根据地。战争生活，也把一介书生毛泽东磨炼成为携带"山大王气"的坚定革命者。

毛泽东把革命根据地比喻为"金瓯"。

《南史·朱异传》记载：梁武帝"尝夙兴至武德阁口，独言：'我国家犹若金瓯，无一伤缺。'"。梁武帝借古代容器金瓯喻疆土完固。毛泽东在蒋介石的"金瓯"上切下来一块，打造出共产党人的"金瓯"。他在《清平乐·蒋桂战争》（1929年秋）中写道："收拾金瓯一片，分田分地真忙。"

毛泽东、朱德在山沟沟里流血牺牲闹革命，为中国共产党人"收拾金瓯"。一些留洋派对"落草为寇"的毛泽东指指点点。

在苏联中山大学学习的王明1928年讽刺毛泽东，"山沟沟里出不来马列主义"①，意思是毛泽东领导的革命，是山

———————
① 罗庆宏：《让历史告诉我们——毛泽东在江西的七年岁月》，江西人民出版社2021年4月版，第222页。

沟沟里的一些土知识分子和农民甚至"山大王"们搞的那一套,不符合"正统"的马列主义,是"野生"的。有的说:"革命革命,革到山上做山大王了,这叫什么革命?"

共产国际为了加强对中国革命的领导,改变中共的领导成分,将在苏联比较系统地学习过马列主义理论的青年革命者陆续派回国内,他们中有秦邦宪(博古)、张闻天(洛甫)、王稼祥和陈昌浩等,其中首要人物是深受共产国际信任并重用的陈绍禹(王明)。这些被共产国际派回来的同志,人们称之为"共产国际派"。

1931年1月,中共召开六届四中全会,以王明为代表的"共产国际派"在中共中央取得领导地位。"共产国际派"一方面给中国共产党带来新的力量、新的活力;另一方面,他们派遣许多"钦差大臣"到全国各地去,对革命根据地和白区地方党组织进行所谓"改造"和"充实",干了许多脱离中国实际的事情。他们错误估计时局,一味强调进攻路线,批判党内军内不一致的主张,并通过组织手段加强对红军各部及其根据地内部事务的直接干预。他们以苏联革命的经验为标准,给怀疑或不支持他们的同志扣上"右倾机会主义""富农路线""两面派"等帽子,进行"残酷斗争""无情打击"。毛泽东就是在这种情况下成为"左"倾教条主义路线打击的主要对象的。

毛泽东提出"枪杆子里面出政权",被批评为"枪杆子主义"；他反对本本主义，主张"没有调查，没有发言权"，被指责为"狭隘的经验论"；他结合中国的实际开展革命斗争，突破了"本本"的框框，被认为是"离经叛道"。

1931年的春夏之交，中共进入凶险的时期。4月24日，政治局候补委员、参与领导中央特科工作的顾顺章被捕叛变。顾顺章是中共历史上最危险的叛徒，他被国民党中统老牌特务万亚刚称为"全能特务"，"够得上称为大师。在他以后，特务行列中，无人能望其项背"。顾顺章的叛变，危及中共中央机关和中央领导人在上海的安全。6月22日，中共中央政治局常委会主席向忠发被捕，他立即变节，交代了周恩来、王明、博古的秘密住址。蒋介石悬赏通缉周恩来、王明等共产党要人。王明为躲避追捕，躲到一个疗养院里藏了一段时间。

毛泽东以苏维埃临时中央政府人民委员会主席的身份，和副主席张国焘、项英一同签署了《苏维埃临时中央政府人民委员会通令——为通缉革命叛徒顾顺章事》（1931年12月10日）。通缉令说："苏维埃临时中央政府特通令各级苏维埃政府红军及各地赤卫队，并通告全国工农劳苦群众，要严防国民党反革命的阴谋诡计，要一体严拿顾顺章叛徒。在苏维埃区域，要遇到这一叛徒，应将他拿获交革命法庭审判。在白色统治区域，如遇到这一叛徒，每一革命战士，每一工农贫民份子有责任将他扑灭。缉拿和扑灭顾顺章叛徒，是每一个革命战士和工农群众自觉的光荣的责任。……巩固自己的阵线，一体严拿叛徒顾顺章！"

中央机关在上海待不下去了。王明一甩手，10月18日起身去了莫斯科。9月中旬，共产国际远东局提议，中共成立临时中央政治局来维持局面。1930年5月从苏联留学回国、叛徒顾顺章还不大认得的博古、张闻天进入临时中央政治局。临时中央政治局委员还有康生、陈云、卢福坦、李竹声。经王明提议，连中央委员都不是的博古成为党中央的总负责人。博古提出，自己不是中央委员，负责党中央的工作不符合组织原则。王明等人表示，这是工作需要，已与共产国际远东局商妥，只要共产国际同意就行。党中央的总负责人实际上就是党的总书记。博古这一年24岁，只有6年党龄。他没有军事阅历，文职出身，得益于留学莫斯科中山大学并和王明是校友，得益于曾经和王明一起反对"立三路线"而为王明欣赏，被推向领导位置。博古临危受命，走上中共最高领导岗位。

中共中央在中央革命根据地成立苏区中央局。具有讽刺意味的是，苏区中央局的一行人喧宾夺主，他们一落脚毛泽东领导创建的中央革命根据地，就开始否定和批判毛泽东的思想主张。

毛泽东被自己的同志一巴掌打倒在地。他的政治生命在政治的地平线上下大幅度起伏。

1931年11月，在中共中央代表团的主持下，中央苏区党组织在瑞金召开第一次代表大会（即赣南会议）。这次大会，否定了毛泽东在土地革命、军事等方面的主张，指责毛泽东的主张是"狭隘的经验论"、"富农路线"和"游击主义的传统"。会议通过的决议强调，"要集中火力反对右倾"，由此开始排挤毛泽东在中央苏区对红军的领导。毛泽东转而担任新成立的中华苏维埃共和国临时中央政府中央执行委员会主席，把更多的精力用在地方工作上。

1932年10月，苏区中央局在江西宁都县召开全体会议（即宁都会议），宣布了中央在7月21日发出的《中央给苏区中央局及苏区闽赣两省委信》，直接批评毛泽东。鉴于不能取得中央局的全权信任，毛泽东表态说："天下理无常是，事无是非。先日所用，今或弃之；今之所弃，后或用之……我恭候中央的处理。"他说，"我既然得不到中央局的信任，继续留在前方是不合适的。我现在身体不好，痰中带着血丝，时常低烧。我向中央请一个时期的病假"[①]。会议批准毛泽东"暂时请病假，必要时到前方"。10月12日，中央革命军事委员会根据中央苏区中央局的决定发布命令："工农红军第一方面军兼总政治委员毛泽东同志，为了苏维埃工作的需要，暂回中央政府主持一切工作，所遗总政治委员一

---

① 李金明：《在风雨中探索前行：中共苏区中央局始末》，《湘潮》2022年第2期，第32页。

职，由周恩来同志代理。"①这实际上是明确宣布撤销毛泽东的军事领导职务。毛泽东气愤地说："这些钦差大臣，张嘴共产国际的指示，闭嘴斯大林的指示，谁相信我的土玩意叫'毛泽东思想'，那叫做山沟里的共产主义。"②

1933年1月，临时中央政治局在城市工作中遭到严重失败，在中心城市上海待不下去了。经共产国际批准，博古等领导人转移到中央苏区。到苏区后，临时中央高举革命和救亡旗帜，主张和宣扬土地革命，号召和组织抗日反蒋斗争，树立起中国共产党抗日救亡的形象。同时，博古把革命根据地的党、政、军大权全部抓到自己手里，贯彻执行来自共产国际的"左"的路线，采取宗派主义的手段，对抱有不同意见的干部进行残酷斗争和无情打击。

博古是一个文质彬彬的知识分子，几乎没有与工农群众一起摸爬滚打过，对中国革命的实际不那么熟悉，也没有多少建党带兵的工作经历，更不会打仗。他在苏联学习过，"以为只熟读马克思主义的定义和结论，记得联共的策略公式，就会使中国革命成功了。因而产生了背诵马列主义个别结论与辞句，机械搬用死板策略、笼统公式的教条主义的思

---

① 中共中央文献研究室编：《毛泽东年谱（一八九三——一九四九）（修订本）》（上卷），中央文献出版社2013年12月版，第390页。

② 刘统：《长征中红军如何度过最危急的时刻》（2016年9月9日），转载自微信公众号"三联书店三联书情"。

想方法"，"碰到实际问题，不先想实际情况，而是先想马、恩、列、斯在什么地方怎样说过，或者在欧洲或俄国革命史上有过什么相关的情况、用过什么口号策略，并把它们原封不动地搬到中国来"①。

1933年2月，临时中央开展反"罗明路线"斗争，剑指毛泽东。苏区中央局作出《关于闽粤赣省委的决定》，指责闽粤赣省委即福建省委"形成了以罗明同志为首的机会主义路线"，决定"在党内立刻开展反对以罗明同志为代表的机会主义路线的斗争"。在反"罗明路线"中，党的许多高级干部在各种报刊发表署名文章，对"罗明路线"进行笔伐。他们中既有所谓"国际派"的王盛荣、洛甫、任弼时、顾作霖、罗迈、博古等，也有所谓"毛派"的阮山、刘晓、李富春、吴亮平、谢觉哉等，还有毛泽东的同情者、支持者周恩来、刘少奇、王稼祥等②。被这场风暴席卷，邓小平、毛泽覃、谢维俊、古柏等支持毛泽东的同志被称为"毛派"分子并受到批判；萧劲光被当作红军中的"罗明路线"的典型，差点被判处极刑。博古在中共七大上回忆说："苏区中反对'罗明路线'，实际是反对毛主席在苏区的正确路线和作

---

① 金冲及：《生死关头——中国共产党的道路抉择》，生活·读书·新知三联书店2016年8月版，第133页。博古在中共七大上的发言记录（1945年5月3日）。

② 曹春荣：《解读博古对第四次反"围剿"的总结》，载邹贤敏、秦红主编《博古和他的时代——秦邦宪（博古）研究论集》（上册），当代中国出版社2016年1月版，第253页。

风，这个斗争扩大到整个中央苏区和周围的各个苏区。"①

1933年6月上旬，第二次宁都会议召开。毛泽东在会上对前次宁都会议提出批评，针对自己受到不公正的对待提出申诉。博古在作结论时重申前次宁都会议是对的。他说，没有第一次宁都会议，就没有第四次反"围剿"的胜利。他否定了毛泽东的申诉。

毛泽东在第二次宁都会议申诉，被申斥，心情更加低落。"何昔日之芳草兮，今直为此萧艾也？岂其有他故兮，莫好修之害也！"毛泽东沉吟着屈原的句子，一腔郁闷。他经过大柏地时，东边正在下雨，西边挂着日头，忽然间，一架长虹高悬天际。毛泽东一转脸，看到路边农舍墙上的累累弹痕，有面墙上有几十个弹孔，他由此想起1929年2月他和朱德在大柏地组织的一场伏击战。战斗在正月初一那天打响，打了不到两天，打了一个胜仗。这是红军下井冈山以来的第一次大胜仗。陈毅1929年9月1日给中共中央的报告中称之为"红军成立以来最有荣誉之战争"。如今，大柏地犹在，根据地上建立起中华苏维埃共和国，毛泽东却陷入人生低谷。看着眼前壮观的气象，毛泽东诗兴大发，一扫心中阴霾，哼了一首《菩萨蛮·大柏地》：

---

① 中共中央党史研究室、中央档案馆编：《中国共产党第七次全国代表大会档案文献选编2》，中共党史出版社2022年7月版，第607页。

赤橙黄绿青蓝紫，谁持彩练当空舞？雨后复斜阳，关山阵阵苍。　　当年鏖战急，弹洞前村壁。装点此关山，今朝更好看。

色彩斑斓的大柏地雨后景色壮丽，好像与毛泽东郁闷的心情不相符合。殊不知，这正反映出毛泽东的胸襟。顾随在论述诗词写作时说："必此寂寞心，然后可写出伟大的、热闹的作品来"，"能用鲜明调子去写黯淡的情绪是以天地之心为心。……以天地之心为心，自然小我扩大。心内是寂寞黯淡，而写得鲜明"①。毛泽东正是如此，个人受到大挫折，内心产生大寂寞，对革命前途依然抱定大信心。

临时中央进入苏区后，轻而易举地夺了毛泽东的权，否定了毛泽东，把他变成了"光杆司令"。《菩萨蛮·大柏地》中，隐约透露出毛泽东的困惑与不平："谁持彩练当空舞？"

人事迢遥。毛泽东的老部下被清理。苏维埃临时中央政府财政人民委员邓子恢、工农检察人民委员何叔衡被批判和撤职。张鼎丞被撤去福建省苏维埃主席职务。谭震林被调离福建军区司令员和政委的工作岗位。毛泽东的夫人贺子珍，由管文件改当收发。弟弟毛泽覃挨批并被撤职。贺子珍的哥哥贺敏学被免去红二十四师代理师长职务。贺子珍的妹

---

① 顾随：《顾随全集》（卷五·传诗录一），河北教育出版社2014年3月版，第258、261页。

妹、毛泽覃的爱人贺怡被撤销瑞金县委组织部副部长的职务。毛泽东说:"他们整你们,是因为我,你们是受了我的牵累呀!"[①]

有一天,毛泽东看到党报《红色中华》上有篇文章叫《毛泽覃同志的三国志热》:

"毛泽覃同志特别爱好三国志。三国志,似乎是毛泽覃同志'战术与策略'的根据,因为他曾把三国志当中许多锦囊妙计,应用到实际中去,结果是犯了严重的恶果。不但这,毛泽覃同志还把他所学来的策略去教育干部:'你们没有事可以看看三国志,这是有用的,我有许多时候打土豪捉土豪,都很得三国志的帮助。'毛泽覃同志,教训别人'没有事''看看三国志',好个闲暇的'革命□□'。"[②]

这段话的最后两个字印刷得模糊,毛泽东仔细看看,也没有看出是什么字,大概是"志趣"之类吧。毛泽东苦笑一下。这篇文章表面是批判毛泽覃,其实是讽刺他毛泽东的。

虎落平川,龙困浅滩。毛泽东为了不牵连或少牵连别人,不再和同志们讲话。许多同志怕加重毛泽东的罪名,有意避开他,不同他讲话。还有一些同志在政治高压下有所顾忌,不敢接近毛泽东。毛泽东几乎被孤立了。他本来性格开

---

① 王行娟:《贺子珍的路》,作家出版社1985年12月版,第175页。

② 毅:《毛泽覃同志的三国志热》,《红色中华》1933年第92期,第6版。

朗活泼，还喜欢开玩笑，但这些日子，他几天甚至几个星期，都不同外人讲一句话，脸上也没有一丝笑容。

毛泽东对贺子珍说："他们已经摆开架势，要往死里整我了。"①

在中华苏维埃第二届中央执行委员会第一次会议上，张闻天担任人民委员会主席，毛泽东只剩下中央执行委员会主席一个虚职。博古对张闻天说："老毛今后只是加里宁了，哈哈！"②加里宁是苏联没有实权的苏维埃主席。毛泽东被架空，靠边站了。这时候，他偏偏又患上恶性疟疾，身心十分痛苦。毛泽东以极大的毅力隐忍着。

苏东坡说："君子之所取者远，则必有所待；所就者大，则必有所忍。""能有所忍也，然后可以就大事。""忍"是中国人性格之一种，体现了中国人百折不挠的精神。

"忍"是毛泽东的方法论之一。早在1916年他就说过："图远者必有所待，成大者必有所忍。"③他后来给陈毅的信中说得更加明确："忍耐最难，但作一个政治家，必须练习

---

① 王行娟：《贺子珍的路》，作家出版社1985年12月版，第172页。

② 李维汉：《回忆与研究》（上），中共党史资料出版社1986年4月版，第353页。

③ 中共中央文献研究室、中共湖南省委《毛泽东早期文稿》编辑组编：《毛泽东早期文稿》，湖南出版社1990年7月版，第44页。

忍耐。"①政治需要忍耐。政治需要忍辱。为了理想而忍，为了信念而忍，为了大局而忍。忍受黑暗，忍受痛苦，忍受不平，忍受挤压与煎熬，忍受一切屈辱，忍看朋辈半凋零。政治家必须以"忍"接受那些不能改变的，以"忍"换来以后改变"不能改变"的机会。等待时机的忍耐是崛起的黄金密码。这时节，信念与耐心比什么都重要。

毛泽东落难时，住在云石山的一座古庙里。他回忆1932年至1934年这段艰难处境时说，临时中央"迷信国际路线，迷信打大城市，迷信外国的政治、军事、组织、文化的那一套政策。我们反对那一套过'左'的政策。我们有一些马克思主义，可是我们被孤立。我这个菩萨，过去还灵，后头就不灵了。他们把我这个木菩萨浸到粪坑里，再拿出来，搞得臭得很。那时候，不但一个人也不上门，连一个鬼也不上门。我的任务是吃饭、睡觉和拉屎。还好，我的脑袋没有被砍掉"②。菩萨是千刀万刻出来的，又被丢进粪坑里。毛泽东用"粪坑里的菩萨"来形容他被打压、被边缘化之后的切骨疼痛和激愤心情，来诉说这种绝不同于肉体意义上的疼痛，而是某种喷涌而出的强烈的情感。

---

① 中共中央文献研究室：《毛泽东年谱（一八九三——一九四九）（修订本）》（中卷），中央文献出版社2013年12月版，第506页。

② 毛泽东接见一个外国共产党代表团的谈话记录，1965年8月5日。载中共中央文献研究室编：《毛泽东传》（一），中央文献出版社2011年1月版，第325-326页。

艰难的日子里，毛泽东默念着孟夫子的话："天将降大任于是人也，必先苦其心志，劳其筋骨，饿其体肤，空乏其身，行拂乱其所为，所以动心忍性，曾益其所不能。"他忍耐着。此时，他面部消瘦，脸色枯黄，形容憔悴。

## 无实职工作，读了两年的马列主义

> 我当时就那么想，读书吧！坚持真理，坚持原则，我不怕杀头，不怕坐牢，不怕开除党籍，不怕处分，也不怕老婆离婚，一切我都不在乎，我只一心一意去多读书。
>
> ——毛泽东

"运去英雄不自由。"毛泽东创建了红军，却被解除红军领导人的职务；他打下了根据地这片"金瓯"，临时中央落脚根据地之后却排斥他。面对博古这样没有实际斗争经验却有共产国际背景的领导人，他郁闷至极但又无可奈何。

在时代的旋涡里，毛泽东进入人生的低谷。

这是他革命人生的第四次低潮。

毛泽东政治生命的第一次起伏在1923—1927年。

1923年6月，毛泽东在中共三大上当选为中央执行委员会委员，并被选入由五人组成的中央局，担任中央局秘书。毛泽东第一次进入中共中央的领导核心圈。1925年1月召开中共四大，毛泽东因在湖南养病没有出席这次会议，他没有被选入中央委员会。1927年4—5月中共召开五大，大会选出31位中央委员，其中没有毛泽东。毛泽东的政治人生直线式跌落，一个重要原因是，曾经欣赏毛泽东的总书记陈独秀不那么喜欢毛泽东了。比如，毛泽东的《中国社会各阶级的分析》，陈独秀就不同意其中的观点。1939年毛泽东在与美国记者斯诺谈话时回忆到这段难忘的经历："我的文章写得越来越多，同时我在共产党内对农民工作担负特殊责任。根据我的研究和我组织湖南农民的经验，我写了两本小册子，一本是《中国社会各阶级的分析》，另一本是《赵恒惕的阶级基础和我们当前的任务》。陈独秀反对第一本小册子所表示的意见，这本小册子主张实行激进的土地政策和在共产党的领导下大力组织农民。陈独秀拒绝在党中央的报刊上发表它。后来它在广州的《中国农民》和在《中国青年》杂志上刊出了。第二篇论文在湖南出了小册子。大致在这个时候，我开始对陈独秀的右倾机会主义路线政策持不同意见。我们逐渐地分道扬镳了……"[1]在中共五大召开之前，毛泽东提出的"广泛地重新分配土地"的建议被否决；五大上，毛泽东提出了"迅速加强农民斗争"的主张，在陈独秀的支配下，中央委员会拒绝提交大会考虑。毛泽东后来批评陈独秀说："他不懂得农民在革命中的地位，大大低估了当时农民可能发挥的作用。"[2] 在这以后，毛泽东与陈独秀逐渐疏远，一个往左拐，一个往右拐……

---

[1] 毛泽东：《毛泽东自述》，人民出版社1993年2月版，第45页。
[2] （美）埃德加·斯诺：《西行漫记》，董乐山译，解放军文艺出版社2002年6月版，第119-121页。

毛泽东政治生命中的第二次起落在1927年至1928年。

1927年8月，中共中央召开八七会议，陈独秀被撤销总书记的职务。毛泽东在这次会议上当选为中共中央临时政治局候补委员。9月，毛泽东领导秋收起义。在起义受挫的局面下，他从敌强我弱的客观形势出发，改变中共中央原定的攻打长沙的计划，带领起义残部上了井冈山。毛泽东的举动，违背了共产国际提出的在中心城市闹革命、争取夺取大城市的方针，被中共党内主流认为是"离经叛道"。

毛泽东是一个逆行者。逆行者通常要付出代价。1927年11月，中央临时政治局召开扩大会议，通过《政治纪律决议案》，认为中共湖南省委对农民暴动的指导完全违背中央策略，毛泽东是"派赴湖南改组省委执行中央秋暴政策的特派员，事实上是湖南省委的中心，湖南省委所作的错误，毛泽东同志应负严重的责任，应予开除中央临时政治局候补委员"[1]。毛泽东仅仅当了三个月政治局候补委员，就被开除了。有关人员在传达这个"决议案"时，把"开除中央临时政治局候补委员"传达成开除毛泽东的党籍。

毛泽东带领起义军在井冈山建立了革命根据地，在3个县建立了工农革命政权，不但没受到表扬，反而被"开除党籍"，连中共党员都不是了，成了"民主人士"。但是打仗

---

① 张泰城等选编：《井冈山的红色文献》，江西人民出版社2016年12月版，第42页。

又离不开毛泽东，中共湘南特委代表周鲁宣布，毛泽东改当师长。

"挎上盒子枪，师长见军长。"毛泽东诙谐地对身边人说着，迎接率领八一起义余部来井冈山的朱德。

朱毛会师。朱德握着毛泽东的手说："毛委员，你好！"毛泽东说："我已经不是毛委员，连党员也不是。"朱德一愣，大声说："乱弹琴，我看了文件，只开除你的政治局候补委员，你还是中央委员嘛。"①

毛泽东在受处分、受委屈的情况下，和朱德一起建立和巩固了井冈山革命根据地，从此，中国共产党人有了自己的地盘。

毛泽东政治生命的第三次起落发生在1928年至1929年。

1928年4月，朱毛会师井冈山，中国工农革命军第四军诞生。对于如何建设这样一支共产党的部队，没有前车可鉴。如何处理党与军队的关系？军队指挥谁说了算，是个人还是党委？这些问题很现实地摆在领兵的毛泽东和朱德面前。

毛泽东与朱德从前没有在一起工作磨合过，两人在战略选择、军队管理乃至个人性格上存在不小的差异。作为政治领导的毛泽东跟作为军事领导的朱德，针对如何建设和管理这支部队，发生了争论。相争为党，这个争论到1929年5

---

① 陈晋：《毛泽东之魂》，中央文献出版社1997年9月版，第66页。

月变得尖锐起来。这是建设一支强大的红军必须经过的"阵痛"。争论中意见不能统一，毛泽东作为前委书记，感到很难继续工作。6月8日，毛泽东以书面形式提出辞职。他说："我不能担负这种不生不死的责任，请求马上调换书记，让我离开前委。"①去职明志，毛泽东年轻气盛。

面对毛泽东与朱德之间的矛盾，陈毅诙谐地说："你们朱毛二人，一个晋国，一个楚国，两个大国天天在打架，我这个郑国在中间简直是不好办。我是晋楚之间，两大国之间，我站在哪一边，跟谁走？我就是担心红军分裂，我还是希望你们两方面团结。"②

为了解决朱、毛之间的矛盾，陈毅主持召开红四军第七次党代表大会。由于缺乏工作经验，会议对毛泽东和朱德"各打五十大板"，还给毛泽东"严重警告"处分。投票选举，毛泽东从前委书记位置上落选了。毛泽东后来说："七大时，遭到内部同志的不谅解，把我赶出红军，当老百姓了。"③毛泽东离开部队，到地方工作，大病一场。有的传说毛泽东病逝了，在莫斯科的共产国际为此还发布了毛泽东去世的讣告。国

① 中共中央文献研究室：《毛泽东年谱（一八九三——一九四九）（修订本）》（上卷），中央文献出版社2013年12月版，第276页。

② 梅黎明主编：《浴血罗霄：井冈山革命根据地历史》，中国发展出版社2014年3月版，第348页。

③ 中央文献研究室第一编研部编：《话说毛泽东——知情者访谈录》，中央文献出版社2000年2月版，第483页。

民党的报纸则说，"匪首"毛泽东被击毙山中。

1929年9月，红四军召开第八次党代会，通知毛泽东回来开会。毛泽东正生病，心里还激荡着不平之气。他回信说："我平生精密考察事情，严正督促工作，这是陈毅主义的眼中之钉。陈毅要我当'八边美人四方面讨好'，我办不到；红四军党内是非不解决，我不能随便回来。"①话语尖锐得不留一点余地。此时的毛泽东宛如初出的宝剑，锋利无比，带着咄咄逼人的火气。朱德、陈毅等人一看毛泽东的回信，很不高兴，要求毛泽东必须回来开会，同时又给他送去一个"警告"处分。毛泽东坐着担架赴会，但抵达时会已经开完了，他只好又返回去养病。

为了处理好红四军内部的矛盾，陈毅到上海向党中央汇报红四军内部争论的情况。党中央对朱毛红军格外重视，周恩来等中央领导人认为，毛泽东是比较正确的，指导陈毅起草了"九月来信"。"九月来信"明确指出："毛同志应仍为前委书记，并须使红军全体同志了解而接受。"②中共中央

---

① 参见陈毅在中央老同志座谈会上的发言，1971年9月29日和10月4日。载中共中央文献研究室编《毛泽东传》（一），中央文献出版社2011年1月版，第205页。

② 中共中央文献研究室：《毛泽东年谱（一八九三——一九四九）（修订本）》（上卷），中央文献出版社2013年12月版，第285页。"九月来信"即《中共中央给红军第四军前委的指示信》，载中共中央文献研究室、中央档案馆编《建党以来重要文献选编（一九二一——一九四九）》（第六册），中央文献出版社2011年6月版，第509-523页。

肯定毛泽东，起用毛泽东。

柳暗花明。1929年12月，红四军第九次党代会召开，毛泽东重返前委书记岗位。会上通过了毛泽东起草的《古田会议决议》，这个文件是中国共产党建军历史上最重要的文件之一，它明确提出"红军是一个执行革命的政治任务的武装集团"，确立了人民军队建军的基本原则，明确了军队思想政治工作的任务内容及一系列方针方法，为中国共产党走向全国的胜利打下了坚实的制度基础，提供了坚强的思想保障。从此之后，"朱毛"同心，携手建军，开创出党和军队建设的崭新局面，"朱毛"也成为共产党和人民军队的标志性形象。

1932年10月至长征初期，毛泽东遭遇政治生命的第四个低谷。

这一次，他被免掉军职，免掉党职，身体又多病，受到打击时间最长，被打击程度最深，内心的痛苦最强烈。

毛泽东称自己被丢进了"粪坑"。"粪坑"的经历还波及他的家庭生活。他后来对老战友曾志（陶铸夫人）说，在中央苏区受到错误路线打击，从领导岗位上被撤下来后，名义上是苏维埃主席，但无实职工作，又患了病，连贺子珍也不怎么理他，不去照顾他，却强调自己有事情要干。"我当时就那么想，读书吧！坚持真理，坚持原则，我不怕杀头，不怕坐牢，不怕开除党籍，不怕处分，也不怕老婆离婚，一切我都不在乎，我只一心一意去多读书！"①毛泽东后来经常提倡的"五不怕"或"六不怕"就起源于此②。

挫折磨炼英雄。"彻底的唯物主义者是无所畏惧的。"毛泽东以坚强的意志力忍耐着。

"意志也者，固人生事业之先驱也。"这是毛泽东《体育之研究》（1917年）中的话。毛泽东从青年时代起就注重锻炼自己的意志。

关汉卿《一枝花·不伏老》有曲曰："我是个蒸不烂煮不熟捶不匾炒不爆响珰珰一粒铜豌豆。"毛泽东"在命运的迎头痛击下头破血流但仍不回头"③，他把自己锻炼成为"蒸

---

① 曾志：《百战归来认此身：曾志回忆录》，人民文学出版社2011年3月版，第255页。

② 新中国成立后，毛泽东经常说"五不怕"或"六不怕"。被打压的经历，毛泽东记忆太深了。一番磨难，激发出一段名言。吴冷西的《忆毛主席》（新华出版社1995年2月版）说到，1957年6月13日，毛泽东找吴冷西谈话。毛泽东说："你到人民日报工作，要有充分思想准备，要准备遇到最坏情况，要有'五不怕'的精神准备。这'五不怕'就是：一不怕撤职，二不怕开除党籍，三不怕老婆离婚，四不怕坐牢，五不怕杀头。有了这'五不怕'的准备，就敢于实事求是，敢于坚持真理了。"1958年3月，毛泽东在成都召开的中共中央工作会议上（第四次讲话）说："不敢讲话无非是一怕封为机会主义，二怕撤职，三怕开除党籍，四怕老婆离婚，五怕坐班房，六怕杀头。"他说，"我看只要准备好这几条，看破红尘，什么都不怕了。难道可以牺牲真理，封住我们的嘴巴吗？"［中共中央文献研究室编：《毛泽东年谱（一九四九—一九七六）》（第三卷），中央文献出版社2013年12月版，第321—322页。］这些话语都源自毛泽东1932—1935年初被打击的沉痛经历。

③ 毛泽东曾经把自己喜欢的四句话送给女儿李讷。1.天将降大任于是人也，必先苦其心志，劳其筋骨，饿其体肤，空乏其身，行拂乱其所为，所以动心忍性，曾益其所不能。2.彻底的唯物主义者是无所畏惧的。3.道路是曲折的，前途是光明的。4.在命运的迎头痛击下头破血流但仍不回头。参见陈晋：《毛泽东之魂》，中央文献出版社1997年9月版，第51页。

不烂、煮不熟、响当当、硬邦邦"的铜豌豆。

1934年初，中共召开六届五中全会。毛泽东被选举为中央政治局委员，尽管依然无实权，但对于他倒是一种安慰。毛泽东进入政治局，这对正在陷入挫折与失败的中国共产党来说，是上苍冥冥之中为这个党预留的一步"活棋"。

"河出潼关，因有太华抵抗，而水力益增其奔猛。风回三峡，因有巫山为隔，而风力益增其怒号。"①李维汉目睹了毛泽东遭遇的挫折以及他在面对挫折时的态度。他说，毛泽东坚持三条：一是少数服从多数；二是不消极；三是争取在党许可的条件下做些工作……毛泽东在受打击的情况下，仍能维护党的统一，坚持正确的路线和主张。②

中国共产党的领导人中，有在苏联学习过的，比如王明、张闻天、王稼祥、秦邦宪等。张闻天的俄文化名"洛甫"，秦邦宪的俄文化名"博古"，回到中国仍在使用，在党内彰显其苏联背景。有在法国等欧洲国家留过学的，如周恩来、朱德、李立三、李富春、邓小平等。在乡村生长的毛泽东，扎根于中国，没有留洋，属于"本土派"。他的长处在于把马克思主义与中国革命的实际相结合，务实地开展革

---

① 中共中央文献研究室、中共湖南省委《毛泽东早期文稿》编辑组编：《毛泽东早期文稿》，湖南出版社1990年7月版，第180-181页。

② 李维汉：《回忆与研究》（上），中共党史资料出版社1986年4月版，第338页。

命，敢于做经典文献上没有说过的事情。

从国外回来的"洋包子"嘲笑毛泽东"没有理论"。任弼时在赣南会议上批评毛泽东的主张是"狭隘的经验论"。王明、博古等人说毛泽东"山沟里长不出马列主义"。政治局委员张闻天认为，毛泽东的"理论水平不高、性情粗暴"①。在他们看来，马克思主义是在城市里、在现代工业社会里产生的，偏僻山沟、草野之地怎么会生长出马列主义？这些读了一肚子外国经典的革命者忘记了中国的一句老话，"夜光之珠，不必出于孟津之河；盈握之璧，不必采于昆仑之山"。

谁能与遥遥深处的马克思的灵魂一脉相连，一气贯通？没有人承认毛泽东。毛泽东说：

"我没有吃过洋面包，没有去过苏联，也没有留学别的国家。我提出建立以井冈山根据地为中心的罗霄山脉中段红色政权，实行红色割据的论断，开展'十六字诀'的游击战和采取迂回打圈战术，一些吃过洋面包的人不信任，认为山沟子里出不了马克思主义。"②

"那些个吃洋面包的人，就是不信任我，看不起我，认

① 何方：《纪念张闻天及其他师友》，载《何方谈史忆人》，世界知识出版社2010年10月版，第41页。
② 曾志：《谈谈我知道的毛主席》，载《缅怀毛泽东》编辑组编《缅怀毛泽东》（上），中央文献出版社1993年7月版，第401页。

为山沟子里面出不了马克思主义。从1932年起，实际上就把我摆到了一边，同志们不大愿意同我接近，连贺子珍也不愿理我了。我说组织上决定我服从，但观点要坚持，不是说山沟里出不了马克思主义吗？我不相信有这样的事情，我就是要狠狠地读书，在漳州搞了许多书，又向同志们借一点子，扎扎实实的读书，硬是读了两年的马列主义，后来写的《矛盾论》和《实践论》就是这两年的读书心得。我这个人呀，就是不怕杀头，不怕坐牢，不怕处分，不怕开除党籍，不怕老婆离婚，有了这'五不怕'，敢将皇帝老子拉下马！"[①]

　　低头看书，抬头看天。在被"浸到粪坑"的日子里，读书是毛泽东的乐趣。"昔西伯拘羑里，演《周易》；孔子厄陈蔡，作《春秋》；屈原放逐，著《离骚》；左丘失明，厥有《国语》；孙子膑脚，而论《兵法》；不韦迁蜀，世传《吕览》；韩非囚秦，《说难》《孤愤》；《诗》三百篇，大抵贤圣发愤之所为作也。"经历的磨难使毛泽东更深刻地体会到司马迁这一席话的深刻含义。他后来的《矛盾论》

---

① 曾志：《毛泽东和我》，载"毛泽东与我"征文活动组委会编《我与毛泽东的交往》，山西人民出版社1993年11月版，第99-100页。这段话的另一种记录是："一九三二年（秋）开始，我没有工作，就从漳州以及其他地方收集来的书籍中，把有关马恩列斯的书通通找了出来，不全不够的就向一些同志借。我就埋头读马列著作，差不多整天看，读了这本，又看那本，有时还交替着看，扎扎实实下功夫，硬是读了两年书。……后来写成的《矛盾论》、《实践论》，就是在这两年读马列著作中形成的。"这是1957年毛泽东与曾志的谈话。载中共中央文献研究室编《毛泽东传》（一），中央文献出版社2011年1月版，第326页。

《实践论》《中国革命战争的战略问题》等重要著作，皆是钻心疼痛后的感悟和抒发。

"独坐池塘如虎踞，绿荫树下养精神。春来我不先开口，哪个虫儿敢作声？"一只雄心勃勃的青蛙，披然而立，有猛虎精神。毛泽东在被打击的、受委屈的岁月里，忍受着身心的双重痛苦，把自己如虎的个性收敛起来，把自己那颗天雷地火的心封锁起来，把自己的才华才学搁置起来，独坐"粪坑"养精神。

被边缘化期间，毛泽东手不释卷，发愤阅读马列著作，默穷兴衰之理，暗运回天之力。在瑞金苏区，各种马列主义的著作，比在井冈山时期多了一些。毛泽东把能够收集到的这方面的书籍都找过来，认真地阅读。有一本用很粗糙的纸张印刷的小册子，是列宁的《论"左派"幼稚病和小资产阶级派性》，毛泽东连读几遍，他对贺子珍说："你也来读读这篇好文章。列宁批评的'左派'共产主义者，我们这里也有。他们都是一样，喜欢唱高调，表面上格外革命，实际上对怎样想出办法，渡过困难，发展革命工作，毫无办法。"①

彭德怀回忆说，1933年，接到毛主席寄给他的《两个策略》，上面用铅笔写着：此书要在大革命时读着，就不会犯错误。不久，又寄来《"左派"幼稚病》，毛泽东在书上写

---

① 王行娟：《贺子珍的路》，作家出版社1985年12月版，第178页。

着：你看了以前送的那一本书，叫作知其一不知其二；你看了《"左派"幼稚病》才会知道"左"与右同样有危害性。《彭德怀自述》中说，这两本书他一直带到陕北吴起镇，某同志清文件时把它烧了，他当时真痛惜不已。

毛毛也给毛泽东带来快乐和慰藉。毛毛是毛泽东和贺子珍的孩子，生于1932年11月，大名叫毛岸红。毛泽东一见牙牙学语的小毛毛，眉头就舒展开来。

## 第五次反"围剿"失败

我虽然在反第五次"围剿"战争中早已经看清楚王明路线错误的严重危害，但为了大局我也只得暂时忍耐，只得做必要的准备工作。

——毛泽东

教条主义的死水，蓄不得群龙，闷杀了英雄，扼杀了革命。

博古等人排斥毛泽东，剥夺了他对红军的领导权，毛泽东只担任苏维埃主席这样一个名誉职务。苏维埃主席是个虚衔，所以博古嘲笑毛泽东成了"加里宁"，和苏联没有实权的苏维埃主席一样。

1933年9月，蒋介石对中央苏区发动第五次"围剿"。

国民党创造了一个词叫"围剿"，包围剿匪的意思。他们把共产党称为"匪""共匪"。毛泽东创建井冈山革命根据地后，他们开始"围剿"红军。毛泽东在"围剿"前加一个字，由此创造了"反'围剿'"。毛泽东指挥根据地军民反"围剿"，以少胜多，以弱制强，反败为胜，粉碎数倍于己的敌人的进攻，取得了第一、二、三次反"围剿"的胜利。

毛泽东领导的反"围剿"，那是革命战争史上波澜壮阔的一幕——

1930年10月至1931年1月，第一次反"围剿"。蒋介石调集10万多兵力，以国民党江西省主席兼第九路军总指挥鲁涤平为陆海空军总司令南昌行营主任，第十八师师长张辉瓒为前线总指挥，向中央革命根据地发起第一次"围剿"。毛泽东、朱德指挥红一方面军4万余人，采取"诱敌深入"的方针和"中间突破"的战术，向苏区中部逐次转移。12月6日，敌军开始向苏区中心区进攻。12月29日，敌第十八师师部和两个旅孤军深入龙冈。30日，红军以优势兵力突然向进入龙冈伏击圈之敌发起围攻，全歼敌人，活捉师长张辉瓒。深入根据地的其他敌军见状，连忙收缩，红军乘胜追击，又在东韶歼灭谭道源师一半，其他各路敌军仓皇退走。红一方面军在五天内打了两个胜仗，共歼敌1.5万人，缴获各种武器1.2万余件，胜利地打破了国民党军队的第一次"围剿"。这是红军打的第一个真正意义上的运动战。大胜之后，毛泽东诗兴大发，创作《渔家傲·反第一次大"围剿"》，描绘第一次反"围剿"战斗的画面：

万木霜天红烂漫，天兵怒气冲霄汉。雾满龙冈千嶂暗，齐声唤，前头捉了张辉瓒。　　二十万军重入赣，风烟滚滚来天半。唤起工农千百万，同心干，不周山下红旗乱。

第一次"围剿"失败后，蒋介石再派军政部长何应钦率

20万兵力，采取"稳扎稳打，步步为营"的方针，于1931年4月向中央苏区发起第二次"围剿"，企图包围并消灭红一方面军主力于赣南。毛泽东依然采取"诱敌深入"的方针。在毛泽东、朱德指挥下，红一方面军3万余人转至东固附近隐蔽集结。5月16日，红军突然发起攻击。5月31日，攻克福建建宁城。15天内，红军自西向东横扫700里，连打5次胜仗，歼敌3万多人，痛快淋漓地打破了国民党军对中央苏区的第二次"围剿"，巩固和扩大了革命根据地。

毛泽东用兵如神，敌军土崩瓦解。蒋介石跑到南昌召开高级军官大会，大骂部属无能，说着说着流下了眼泪。人们说"蒋介石被打哭了"。蒋介石在哭泣，毛泽东在写诗——上马杀敌，下马赋诗，赋的是《渔家傲·反第二次大"围剿"》：

白云山头云欲立，白云山下呼声急，枯木朽株齐努力。枪林逼，飞将军自重霄入。 七百里驱十五日，赣水苍茫闽山碧，横扫千军如卷席。有人泣，为营步步嗟何及！

1931年6月，蒋介石亲任"围剿"军总司令，调集30万兵力，并聘请德、日、英等国的军事顾问，采取"厚集兵力，分路围攻，长驱直入"的战术，分3路向中央根据地展开"围剿"。红军在毛泽东、朱德指挥下，采取"诱敌深入"的作战方针，"避其主力，打其虚弱"，"穿插突围，声东击西"。

8月4日，红军突然东进莲塘；7日至11日，先后在莲塘、良村、黄陂发动攻击，三战三捷。在兴国休整半月后，对疲惫退敌实行追击，再取三捷。至此，红军在3个月内歼敌3万余人，缴枪1.4万余支，胜利粉碎了敌人的第三次"围剿"。

毛泽东指挥红军取得了第三次反"围剿"的胜利，这一次他没有写诗。或许是因为痛失战将黄公略。1931年9月15日，红一军团第六军军长黄公略在率领部队转移途中遭敌机空袭，他在指挥部队疏散时中弹牺牲。9月16日，毛泽东主持黄公略追悼会，他写了一副挽联：

广州暴动不死，平江暴动不死，如今竟牺牲，堪恨大祸从天落；

革命战争有功，游击战争有功，毕生何奋勇，好教后世继君来。

粉碎了国民党军第三次"围剿"后，赣南、闽西两个革命根据地连成一片，根据地扩展到30个县境，总面积达5万平方公里，在24个县建立了县苏维埃政府。

11月，中华工农兵苏维埃第一次全国代表大会在江西瑞金召开，成立了中华苏维埃共和国临时中央政府，毛泽东任主席，项英、张国焘任副主席。同时，组成中华苏维埃共和国中央革命军事委员会，朱德任主席，王稼祥、彭德怀任副主席。

中华苏维埃共和国临时中央政府设在瑞金。至此，中央革命根据地正式形成，并统辖和领导全国苏维埃区域的斗争。

中国共产党建立了一个"国中之国"——中华苏维埃共和国。共产党人捧起了自己的"金瓯"。

1932年底，蒋介石调集四五十万人的兵力，采取分进合击的作战方法围攻中央革命根据地。这是对中央红军的第四次"围剿"。

1933年2月至3月，红一方面军在周恩来、朱德的指挥下，运用前三次反"围剿"的经验，采取集中兵力在运动战中各个歼灭敌人的方针，分别在宜黄县的黄陂、东陂地区两次伏击敌人，共歼敌近三个师，取得了第四次反"围剿"的胜利。这一次反"围剿"之所以取得胜利，最重要的原因是运用了毛泽东灵活机动的战略战术。

1933年5月，蒋介石计划发动对红军和各革命根据地的第五次"围剿"，出动兵力约100万人。其中，"围剿"中央革命根据地和红一方面军的兵力分北路军、南路军、西路军和第十九路军，共50万人。此次"围剿"，蒋介石强调"三分军事，七分政治"，加大对根据地的经济封锁，军事上采取"堡垒主义"和逐步推进的新战术。

临时中央完全放弃过去几次反"围剿"战争中行之有效的积极防御方针，提出要进行"中国两条道路的决战"。博古对军事一窍不通，全部依赖李德。李德凭着在苏联军事学院的课本上学到的条条框框指挥作战。他们宣称"游击战的黄金时代已经过去",要打"国与国之间的正规战争",采取"御敌于国门之外"的阵地战,"不让敌人蹂躏一寸苏区"。

蒋介石在第五次"围剿"中,请了一个名叫汉斯·塞克特的德国人当顾问。

中国共产党人的第五次反"围剿",博古依靠德国人李德来指挥。

日耳曼民族的两位军人,指导中国人在中国的土地上打了一场"堡垒对堡垒"的"正规战"。

李德宣布:"游击战的黄金时代已经过去,现在再不能打游击战,应该打正规战。"①这是对毛泽东游击战思想的否定。

李德是德国人,名叫奥托·布劳恩,1900年生,1932年从伏龙芝军事学院毕业后,由共产国际派来中国。他给自己取了个中国名字——李德,意思是"姓李的德国人"。党的总负责人博古赋予李德指挥军事的权力。李德被安排住在一所四周都是稻田的农家院落里,人称"独立房子"。党组织派伍修权做他的俄文翻译,还为他物色了一位红军女战士做妻子。李德作为"钦差大臣",成了中共中央的"太上皇",一切都由他说了算。

---

① 伍修权:《纪念遵义会议,怀念闻天同志》,《人民日报》1985年1月15日,第4版。

关于李德，贺子珍回忆说："李德生得很高大，他是奥国人，可是开会发言却用俄语，由伍修权担任翻译。他名义上只是中央军委的顾问，实际上他的权力大得很，从党务、政务到军务，他都管，都要听他的。连具体一个战役怎么打，队伍怎么调动，他都要过问，成了红军中的'太上皇'。毛泽东从来没有跟李德单独谈过话，只是在一起开会时有过接触。毛泽东不喜欢这个人，说他根本不了解中国，却到处发号施令……""李德来到苏区后，完全支持王明所推行的那条错误路线。王明路线的执行者有了这个洋靠山，更是一意孤行下去。毛泽东想扭转这股潮流的斗争就更加艰苦了。"①

毛泽东评价李德说："李德是德国人，苏联十月革命时期他在苏联红军中立过战功，颇受斯大林赏识，把他派驻中国共产党，后来到中央苏区做军事顾问。不久，他掌握了中国工农红军的指挥权，给中国革命事业造成重大损失。李德不了解中国的国情，也不了解中国工农红军的情况，不做调查研究，听不得不同意见，生搬硬套在苏联有效而在中国行不通的战略战术。打着共产国际的旗号到处吓唬人。包办代替，盛气凌人，指手画脚，强加于人，像个钦差大臣，神气十足。李德和博古等人在军事上实行了一系列错误的战略战

---

① 王行娟：《贺子珍的路》，作家出版社1985年12月版，第178页。

术，使我们吃尽了苦头，付出了惨重的血的代价。"①

李德也注意到毛泽东。他说："给我印象最深的当然是毛泽东。他是一个身材修长的，几乎可以说是很瘦削的四十来岁的中年人。他给我的最初印象，与其说是一个政治家和军人，不如说是一个思想家和诗人。""当然，毛也用一些他所熟悉的马克思主义术语，但他的马克思主义的知识是肤浅的。这是我对他的印象，博古也同意这种看法，他还说了几条理由：毛从来没有在国外生活过，不懂外语；中国又非常缺少马克思主义著作，有限的几本至多也是第二手的，原著更是屈指可数。糟糕的是，毛用折衷主义的方法，曲解马克思主义的概念，并加进其他的内容。"②李德、博古哪里知道，他们所谓的"曲解"，正是毛泽东把马克思主义"中国化"的惊人实践。李德说，很长时间他都吃不惯味道很厚的菜，像油炸辣椒，这种菜在中国南方，尤其在毛泽东的故乡湖南是很普遍的。这就引起了毛泽东的讥讽，"真正革命者的食粮是红辣椒"，"谁不吃红辣椒，谁就不能战斗"。这个小小的细节，折射出李德与毛泽东的冲突。

第五次"围剿"与反"围剿"的焦点在江西东北部的黎

---

① 罗贵波：《无产阶级国际主义的光辉典范——忆毛泽东和援越抗法》，载《缅怀毛泽东》编辑组编《缅怀毛泽东》（上），中央文献出版社1993年7月版，第296页。

② （德）奥托·布劳恩：《中国纪事》，李逵六等译，东方出版社2004年3月版，第66、67页。

川县。这里是中央苏维埃红色根据地的"北大门"。

面对蒋介石的第五次"围剿",毛泽东忧心如焚,提出许多灼见说言,如:应该主动放弃黎川,"诱敌深入"到建宁、泰宁地区,集中红军主力,在运动战中歼灭这些敌人。这些主张被李德拒绝了。

毛泽东说:"为了进攻而防御,为了前进而后退,为了向正面而向侧面,为了走直路而走弯路,是许多事物在发展过程中所不可避免的现象,何况军事运动。"[①]李德不懂,博古不懂。

毛泽东说:"谁人不知,两个拳师放对,聪明的拳师往往退让一步,而蠢人则其势汹汹,辟头就使出全副本领,结果却往往被退让者打倒。《水浒传》上的洪教头,在柴进家中要打林冲,连唤几个'来''来''来',结果是退让的林冲看出洪教头的破绽,一脚踢翻了洪教头。"[②]李德、博古对这样的观点不屑一顾。

毛泽东说:"'打得赢就打,打不赢就走'……一切的'走'都是为着'打'……这样的走是许可的,是必须的。"[③]李德、博古要打的是"正规战",他们反对的就是这

① 《毛泽东选集》(第一卷),人民出版社1991年6月版,第196页。

② 《毛泽东选集》(第一卷),人民出版社1991年6月版,第203页。

③ 《毛泽东选集》(第一卷),人民出版社1991年6月版,第230页。

种"游击作风"。

1933年9月，敌三个师兵临黎川城下。红十一军政治委员、闽赣省军区司令员萧劲光驻守黎川，黎川的红十九师和独立师都被分别调往福建、硝石，驻守在黎川的只有一支七十人的教导队和一些地方游击队。萧劲光审时度势，一番激战之后，率领部队撤离黎川。为了收复黎川，10月，中央决定，由彭德怀和萧劲光发起浒湾战役，结果战斗失败。李德大为恼火，要求撤销萧劲光的职务，并接受审查。彭德怀向军委说明浒湾失败的责任不在萧劲光。李德以萧劲光主动撤离黎川一事为借口，给萧劲光扣上"退却逃跑""右倾机会主义"的帽子，准备处决他。毛泽东、王稼祥、彭德怀坚决反对，萧劲光才免于一死。后来，临时最高法庭宣判，开除萧劲光的党籍、军籍，判处五年徒刑。毛泽东为了安慰萧劲光，抄了自己的诗句让贺子珍给他送去。萧劲光一看，诗句是"一年一度秋风劲，不似春光，胜似春光"，其中包含"劲光"两字，他知道，这是毛主席鼓励他在挫折中前行。

1933年11月20日，李济深、陈铭枢和十九路军将领蒋光鼐、蔡廷锴，联合黄琪翔等领导的中国国民党临时行动委员会等反蒋力量，在福州城南公共体育场（今福州五一广场）召开"中国全国人民临时代表大会"，公开宣告抗日反蒋。蒋介石从"围剿"苏区的部队中抽调11个师进攻福州，讨伐十九路军。"福建事变"的发生，对于红军打破蒋介石的第五次"围剿"是个绝好的机会。毛泽东向中央建议：利用这个时机，以红军主力冲破国民党军队的围攻线，"突进到以浙江为中心的苏浙皖赣地区去，纵横驰骋于杭州、苏州、南京、芜湖、南昌、福州之间，将战略防御转变为战略进攻，威胁敌之根本重地，向广大无堡垒地带寻求作战。用这种方法，就能迫使进攻江西南部福建西部之敌回援其根本重地，粉碎其向江西根据地的进攻，并援助福建人民政府……"①毛泽东的主张遭到了博古和李德等人的断然拒绝，被斥为"脱离中央苏区根据地的冒险主义"。毛泽东仰天长叹："我们丧失了一个打破第五次'围剿'的有利时机了。"果然，十九路军在福建建立的人民革命政府孤立无援，在蒋介石重兵进攻下失败。蒋介石回过头来，把大军压向中央根据地。

蒋介石的第五次"围剿"，汲取了过去"围剿"中"长驱直入"的教训，依托他占有执政资源的强大优势，采用了塞克特的碉堡战术：在中央苏区周围构筑碉堡，凭借碉堡，步步向中央苏区进逼。

李德、博古提出"拒敌于国门之外"，"不让敌人蹂躏苏区的一寸土地"，采取"以堡垒对堡垒"的战法：敌人修碉堡，红军也修碉堡，期望待敌人进至我方碉堡两三百米时，采用"短促突击"的战法消灭敌人。

---

① 《毛泽东选集》（第一卷），人民出版社1991年6月版，第236页。

看到李德的战法，毛泽东心急如焚："中国革命这个宝押在一个外国人身上了。世界上哪有这样的搞法？他李德那一套在外国也许还可以，在中国根本行不通嘛，什么打法呀？防御战对堡垒战，这叫作'叫花子和龙王爷比宝'，必输无疑！"[①]

国民党有几百架飞机和一千多门大炮，飞机大炮一轰炸，红军简陋的碉堡灰飞烟灭；红军没有一架飞机，仅有的几十门大炮还缺乏炮弹，对敌人坚固的碉堡无可奈何。红军战士发牢骚说："不知捣啥鬼啊，我们一夜不睡觉做了一个碉堡，人家一炮就打翻了；人家的碉堡，我们只能用牙齿去咬。没有重武器，天天同人家比碉堡，搞什么鬼呀！"

1934年4月，蒋介石集中大军攻击苏区的北大门广昌。李德不是避敌锋芒，而是集中主力，构筑碉堡工事，坚决保卫广昌。政治局委员张闻天憋不住了，对博古说，在地形条件和兵力对比不利的情况下，根本就不应该作战。博古引经据典，反唇相讥，说张闻天采取了"1905年莫斯科起义以后普列汉诺夫对列宁采取的态度，当时普列汉诺夫有一句典型的孟什维克名言：'人们根本就不应该拿起武器。'"[②]。这

---

① 郭晨：《万水千山只等闲》，军事科学出版社1993年11月版，第12—13页。这是毛岸青、邵华主编的《中国出了个毛泽东丛书》之一种。

② （德）奥托·布劳恩：《中国纪事》，李逵六等译，东方出版社2004年3月版，第87页。

是张闻天与博古的公开冲突。张闻天因此受到排挤。

政治局候补委员王稼祥也为作战指挥的问题和博古、李德发生过多次争论。王稼祥认为，"拒敌于国门之外"，"短促突击"，是打不破敌人"围剿"的，还是要采取诱敌深入、隐蔽部队、突然袭击、先打弱敌、后打强敌、各个击破等战法。李德根本听不进去。

红军总参谋长刘伯承在过去的战争中失掉一只眼睛。他用一只眼看清李德的荒谬，反对李德的战法，遭到李德的训斥："你还不如一个普通的参谋，白在苏联学习了几年。"伍修权觉得这话太过分了，就不照原话翻译。刘伯承懂得俄语，事后对伍修权说："他骂我的话你没有翻译。"不久，刘伯承被撤掉总参谋长职务，降为第五军团参谋长。

经过18天的激战，在蒋介石飞机大炮的狂轰滥炸下，红军伤亡惨重。李德、博古亲自指挥的广昌战役失败。

广昌失守，中央苏区北部门户大开，整个局势越来越危急。

广昌战役的指挥员彭德怀回忆说："战斗停止时，博古来电话，说李德、博古约我和杨尚昆去谈谈，他们明天回瑞金去。见面时，李德还是谈他那一套，如何进行短促突击，如何组织火力。我说，怎样去组织火力点？根本没有子弹！在敌碉堡密布下，进行短促突击，十次就有十次失败，几乎没有一次是得到成功的。我尽情地、毫无保留地讲了自

己的意见，大胆地准备个人的不幸，说，你们的作战指挥从
开始就是错误的。讲了四次'围剿'被我军粉碎以后，就没
有打过一次好仗，主要是方面军指挥上的错误，就是主力不
集中。……现在每战都同敌人拼消耗。敌有全国政权和帝国
主义帮助，我则靠取之于敌，你完全不懂这条道理。洵口遭
遇战消灭敌人一个师，想停止半天消灭被围之最后一个营都
不准，前方指挥者都没有这样的机动权，硬要叫军队钻到硝
石，几乎把三军团让敌人消灭掉。我还说，你们坐在瑞金指
挥的第二次进攻南丰的战斗，几乎造成一军团全军覆灭，连
迫击炮放在地图上某一曲线上都规定了。实际中国这一带的
十万分之一图，就根本没有实测过，只是问测的，有时方向
都不对。我说，如果不是红军高度自觉，一、三军团早就被
你送掉了。我还说，这次广昌战斗你们看到了吧！这种主观
主义，是图上作业的战术家。中央苏区从一九二七年开创到
现在快八年了，一、三军团活动到现在，也是六年了，可见
创造根据地之不易。'崽卖爷田心不痛'，被送掉！"[1]

　　彭德怀是个战将，"有个炮筒子脾气"。他说的"崽卖
爷田心不痛"，伍修权没有听清，无法翻译，杨尚昆连忙给
伍修权解释说，这是一句湖南俗语，意思是批评李德给红军
造成了不应有的损失，而又毫不痛惜，像孙子糟蹋爷爷的产

---

[1]　彭德怀：《彭德怀自述》，人民出版社1981年12月版，第190-191页。

业一样。伍修权把这句话翻译给李德。李德听后暴跳如雷，就与彭德怀对骂，互不相让。

广昌战役后的一次中央革命军事委员会会议上，张闻天表示了对李德的军事指挥的怀疑态度。他说，不该同敌人死拼。博古听了很不高兴，与张闻天发生了激烈的争论。会后，李德要博古向张闻天转达一句话："这里的事情还是依靠于莫斯科回来的同志。"①意思是说，我们都是从莫斯科回来的，我们不应该闹摩擦。

4月下旬，毛泽东得到前往中央苏区南部的会昌视察并指导工作的机会，在那里了解战争情况，并提出抽出主力进行整训，用小部队配合地方武装和赤卫队打游击、袭扰、牵制敌人的建议，被红二十二师采纳。此后，进攻苏区南大门的粤军始终没能再前进一步，南线出现了比较稳定的局面。毛泽东还在这里填了一首词：

东方欲晓，莫道君行早。踏遍青山人未老，风景这边独好。  会昌城外高峰，颠连直接东溟。战士指看南粤，更加郁郁葱葱。

---

① 张闻天：《从福建事变到遵义会议》（一九四三年十二月十六日），载中共中央党史资料征集委员会、中央档案馆编《遵义会议文献》，人民出版社2009年7月版，第83页。

毛泽东这样解释这首诗："1934年，形势危急，准备长征，心情又是郁闷的。这一首《清平乐》，如前面那首《菩萨蛮》一样，表露了同一的心境。"①一路不平，劫后开花，青春不老，未来可期。这是毛泽东长征之前的慷慨放歌。

战斗紧张激烈。毛泽东赋闲。中革军委安排毛泽东写一本关于游击战争的小册子。毛泽东利用一个月时间，写成《游击战争》一书。全书约三万字，共分三章：第一章"概论"，论述游击队的任务、组织以及游击队如何发展成为红军；第二章"游击战术"，论述游击队战斗动作的要则、袭击驻止和行动的敌人、破坏敌人的后方、对付敌人的"围剿"和追击、关于行军宿营给养卫生等事项；第三章"游击队的政治工作"，论述游击队政治工作的目的、游击队部队内的政治工作、游击队在地方居民中的工作、游击队破坏敌人部队的工作。

毛泽东的警卫员陈昌奉回忆说："有好几次主席让我把他写好的东西，连夜送下山去给周恩来副主席他们看。写的什么当时我们不知道。后来主席请人把写的东西抄清，用蜡纸刻出来，通过我们中央政府的发行科，发到了各个县和区。我们警卫班的同志因为参加印刷，每个人都留了几本学习。直到这时候，我们才知道写的是有关游击战争的战略战

① 中共中央文献研究室编：《毛泽东年谱（一八九三——一九四九）（修订本）》（上卷），中央文献出版社2013年12月版，第430页。

术问题。书里头好多事是主席领着我们粉碎前几次蒋介石‘围剿’时我们亲身经过的，也有好多事是主席在武阳镇、会昌、于都等地开调查会、走访群众时我们听说过的。"①

广昌战役结束不久，7月上旬，国民党军集中31个师的兵力，从6个方向向中央苏区的中心地区发动全面进攻。

博古、李德坚持其"阵地防御结合短促突击"的战术，命令部队"六路分兵""全线抵御"，与国民党军打阵地战。

8月31日，国民党军占领广昌的驿前。至此，中央苏区东线和北线完全被突破，西线和南线也更加困难。

许多指战员对李德等领导指挥战争的方法提出批评：有时过于集中，根据地图指挥，而地图又不准确；有时过于具体，指定部队任务，不考虑敌情变化，下面的指挥员不能相机作战，致使战机失去；有时下决心太迟，等下了决心，敌情已经变化；有时战术不灵活，机械地实行短促突击，红军突击时，敌人缩回堡垒，依托堡垒用密集火力给红军以杀伤。这些意见，李德等最高军事指挥都不予采纳。

兵日少，地日蹙。打破敌人第五次"围剿"已无希望，最后只剩下了"战略转移"一条路。

毛泽东说："只有丧失才能不丧失，这是'将欲取之必先与之'的原则。如果我们丧失的是土地，而取得的是战胜

---

① 陈昌奉口述，赵骘整理：《跟随毛主席长征》，解放军文艺出版社1986年9月版，第107-108页。

敌人，加恢复土地，再加扩大土地，这是赚钱生意。"李德不懂，博古不懂。结果是，"不愿意丧失一部分土地，结果丧失了全部土地"①。

红军总司令朱德说："第五次反'围剿'，就更坏了，完全是洋教条，把过去苏区反'围剿'的经验抛得干干净净。硬搬世界大战的一套，打堡垒战，搞短促突击，不了解自己家务有多大，硬干硬拼。军事上的教条主义，伴随着其他方面的教条主义，使革命受到严重损失。"②

第五次反"围剿"的失败，标志着"共产国际派"在用苏联模式解决中国革命的具体实践中陷入困境——既有理论困境，又有实践困境，说到底是理论与实践如何结合的困境。临时中央按照共产国际也就是斯大林的指示，在苏区实现苏维埃化，全部照搬苏联的体制，结果两三年工夫，仗打败了，根据地也保不住了。最好的理想，最好的理论，最好的动机，最大的牺牲，得到的不是最好的结果，而是最坏的结果。这是为什么？

何以中国？何以革命？何以胜利？这些问题更为现实地摆在共产党人的面前。

第五次反"围剿"失败，并没有使博古等领导人发热的

---

① 《毛泽东选集》（第一卷），人民出版社1991年6月版，第211-212页。

② 朱德：《在编写红军一军团史座谈会上的讲话》（一九四四年），载《朱德选集》，人民出版社1983年8月版，第132页。

脑子清醒一些。

中央书记处决定，由博古、李德、周恩来组成"三人团"负责撤离苏区的准备工作。"三人团"关于战略转移的军事计划，也不交政治局讨论，三个人一商量，就那么定了。——在组织框架之外，另行组织一个小组，使得政治局、书记处靠边站，这是一种奇特的"工作方法"。

文韬武略无用处，毛泽东只能眼睁睁看着失败的到来。

# "我毛泽东独龙能下雨吗？"

党内有那么多好同志，许多人还牺牲了生命。……没有他们，我毛泽东独龙能下雨吗？ [①]

——毛泽东

"何叔衡和曾三是什么回事？"谢觉哉问毛泽东。

谢觉哉1933年进入中央苏区，任毛泽东秘书，中华苏维埃临时共和国中央政府秘书长。他到根据地的时间不长，看到何叔衡和曾三挨整，不知其所以然，就问毛泽东。

毛泽东没有吭声。

谢觉哉憋不住，第二天又问："何叔衡和曾三是什么回事？"

毛泽东没有回答。

谢觉哉第三次直截了当地问："主席，中央为什么要整何老头？何老头有么子错？"

毛泽东仍然没有吭声。谢觉哉看见毛泽东弓着背，缓步

---

① 这是毛泽东观看李伯钊的歌剧《长征》后说的一席话。他说："写革命，写长征，我都赞成，但不能拿我毛泽东当菩萨拜哟。党内有那么多好同志，许多人还牺牲了生命。就拿长征来说，有几个方面军哩，有那么多领导同志哩，应当写朱德同志、周恩来同志、任弼时同志，写几个方面军的同志，没有他们，我毛泽东独龙能下雨吗？光写我怎么行哩？"载郭晨《万水千山只等闲》，军事科学出版社1993年11月版，第1页。

走开了。

后来，谢觉哉才了解到，毛泽东看到革命不断遭到损失，心情十分痛苦，但为了顾全大局，不得不忍辱负重，对许多问题保持沉默。谢觉哉深感自己太钝了，竟没想到里面有许多文章。

昭昭天日，可见此心。面对党内极左者的打压，毛泽东隐忍着。

失败，有其自身的逻辑。失败不发展到一定程度，停不下来。宛如那暴发的山洪，宛如那崩塌的山石，任何个人之力都难以挽住。

面对失败，毛泽东无法收拾——也不是毛泽东无法收拾，是收拾不得，是不能收拾。

毛泽东在1934—1935年的历史时空中，是正确路线的代表，是反对"左"倾路线的灵魂。他认识到，临时中央推行的是一条"左"倾错误路线，是一条将革命引向失败的路线。

"乾坤含疮痍，忧虞何时毕。"毛泽东看到了问题，为什么不竖起旗帜，早早地站出来反对呢？

曾任苏维埃共和国国民经济部长的吴黎平直率地问毛泽东："反王明路线的斗争能否不等到遵义会议而在中央苏区后期就发动起来？"

毛泽东坦露心迹："不能，也不好。因为王明路线的领导者打的是国际路线的旗帜，同时他们错误的危害性当时暴露得不够显著；当时还有一些人盲目追随他们。那时虽然已有一部分干部觉察到他们的错误，但大部分的干部和群众还不清楚，如果在早一、二年就发动反王明路线的斗争，那么他们还能欺骗和团集较大的一部分干部和群众，会造成党和军队的分裂局面。这对强大的敌人有利，是敌人所求之不得的。因之，我虽然在反第五次'围剿'战争中早已经看清楚王明路线错误的严重危害，但为了大局我也只得暂时忍耐，只得做必要的准备工作。"①

伍修权在回忆文章中也说到同样的问题："曾有同志问毛泽东同志，你早就看到王明那一套是错误的，也早在反对他，为什么当时不竖起旗帜同他们干，反而让王明的'左'倾错误统治了四年之久呢？毛泽东同志说，那时王明的危害尚未充分暴露，又打着共产国际的旗号，使人一时不易识破他们，在这种情况下，过早地发动斗争，就会造成党和军队的分裂，反而不利于对敌斗争。只有等到瓜熟蒂落、水到渠成时，才能提出和解决这个问题。"② "我们在战争环境当中，我们应该有一个统一的团结的党来共同对付敌人，反对国民党的五次'围剿'。国民党要根本消灭我们，如果我们没有一个统一的党，怎么去对付国民党的五次'围剿'呢？

①  中共中央党史研究室图书资料室编：《中共六十年纪念文选》，中共中央党校出版社1982年3月版，第320页。

②  伍修权：《伍修权回忆录》，中国青年出版社2009年7月版，第90页。

如果拿起旗帜干，党内搞分裂了，自己打起来了，那不更容易被敌人消灭吗？"①

一个具有共同信仰的团队，生命拴在一块儿了，命运拴在一块儿了，前途也拴在一块儿了。斯时，斯事，斯地，斯人，硬来不行，逞一时之快不行，容易造成党的分崩离析。党的利益高于一切。从党的整体利益和根本利益出发，只能跟着走，只能"冷眼向洋看世界"——眼看着失败的到来。考虑成本，一时的失败比党的分裂带来的损失要小得多。只能两害相权取其轻。这是不得已而为之。

风物长宜放眼量，唯有静观待时变。

毛泽东具有令人惊讶的清醒头脑，令人惊讶的判断能力，令人惊讶的选择时机的本领。

毛泽东眼看着，共产党在劫难逃，苏维埃"金瓯"破碎。

"我毛泽东独龙能下雨吗？"毛泽东说。

在民间神话传说中，在神魔小说《西游记》中，行云布雨，需要风神、云神、雷神、雨神以及龙王的配合。被扔进"粪坑"的毛泽东，纵是千手千眼的菩萨，也无法呼风唤雨。几年来，他被剥夺党权兵权，被压制，被批判，他要直接出面领导或者单个挑战有共产国际支持的"左"倾中央，难度相当之大。毛泽东虽然在六届五中全会上由政治局候补委员升为正式委员，但实际上仍处于无实权的地位。从赣南会议和宁都会议被剥夺党权军权后，毛泽东对军队的指挥中断了两三年，老苏区的干部调换了一部分，他的号召力影响力也有所削弱。共产国际和中央几年来批评毛泽东的主张是"右倾""狭隘的经验论"，在许多不明真相的革命者那里，也损害了他的威信。更为重要的是，当时许多革命同志盲目地信任和崇拜苏联，崇拜共产国际……

长征前夕的一天，聂荣臻等几位军事指挥员悄然迈进毛泽东的小院。他们小心地问毛泽东："我们向何处去？"

毛泽东回答说："去命令你们去的地方。"

毛泽东知道他们想问什么，他以一种近乎没有意义的回答堵住了他们的嘴。

看着聂荣臻等人困惑的表情，毛泽东说："我们新建了一个图书馆，你们可以去看看呢。"他就这样结束了与几位军事指挥员的谈话①。

毛泽东后来总结说："指挥员在战争的大海中游泳，他们不使自己沉没，而要使自己决定地有步骤地达到彼岸。"②"许多时候，少数人的意见，倒是正确的。历史上常常有这样的事实，起初，真理不是在多数人手里，而是在少

---

① 刘学琦主编：《毛泽东风范词典》，中国工人出版社1991年5月版，第412-413页。

② 《毛泽东选集》（第一卷），人民出版社1991年6月版，第183页。

数人手里。"①"那些失败，那些挫折，给了我们很大的教育，没有那些挫折，我们党是不会被教育过来的。"②这是毛泽东从哲学的高度对事物规律做出的总结。这是毛泽东的辩证法。

周恩来后来讲如何学习毛泽东时说："当着他的意见没有被大家接受时，他就等待，有机会他就又讲，又教育，又说服……在十年内战的时候就是如此。我们主张打大城市，毛主席认为我们的力量小，不应该打大城市，应该集中力量建设根据地。但是毛主席的意见大多数不赞成，大家要打，他也只好跟着打。结果打败了，毛主席赶快在会议上提出：打败了证明这个办法不行，换一换吧！大家还不接受，他只好再等待，又跟着大家走。"③

乱云飞渡，暮色苍茫。面对自己正确的意见不为同志所接受，面对革命遭受的失败，面对党内的不理解，面对自己遭受的挫折，毛泽东坚信不会"天地道断"，他相忍为党，在杀机四伏中忍受磨难，在痛苦困顿中艰难前行。一天天，他等待着午夜来临，凌晨来临，黎明来临，他忍耐着。

---

① 中共中央文献研究室编：《毛泽东文集》（第八卷），人民出版社1999年6月版，第308页。

② 中共中央文献研究室编：《毛泽东文集》（第七卷），人民出版社1999年6月版，第101页。

③ 周恩来：《学习毛泽东》（一九四九年五月七日），载《周恩来选集》（上卷），人民出版社1980年12月版，第337页。

历史的重大关头，总会有关键人物出现。天不能死他，地不能埋他。他在等待时机。时候不到，只能任它"泰山崩，黄河溢"；时候一到，"飞龙在天"，他将奋袂而起，拨乱反正，于山穷水尽处，开出柳暗花明之新局面……

苦难塑造了毛泽东，现实塑造了毛泽东，中国共产党塑造了毛泽东。毛泽东将在历史的紧要关头出现，挽救中国共产党，改变中国共产党的历史。

# "中央队三人团"对"最高三人团"

> 如果没有洛甫、王稼祥两位同志从第三次"左"倾路线分化出来，就不可能开好遵义会议。同志们把好的账放在我的名下，但绝不能忘记他们两个人。
>
> ——毛泽东

自己造成的错误，对手造成的困难，时代造成的困境，偶然性和必须性带来的坎坷，同时降临到年轻的中国共产党身上。一个政党经历困难和失败，成功渡劫，才能强壮强大，才可能大展宏图，否则它成不了大气候，甚至还可能走向灭亡。中国共产党正在"渡劫"。

"乾坤忽掀簸，城郭皆动摇。"第五次反"围剿"失败了，红军被迫长征。长征，带谁走不带谁走，由中央"三人团"决定。有一种说法："最初他们还打算连毛泽东同志也不带走，当时已将他排斥出中央领导核心，被弄到雩都去搞调查研究。后来，因为他是中华苏维埃主席，在军队中享有很高威望，才被允许一起长征。如果他当时也被留下，结果就难以预料了。"[1]党的第二任负责人瞿秋白就是被留在苏区

---

[1] 《伍修权同志回忆录》（之一），载中共中央党史资料征集委员会、中共中央党史研究室编《中共党史资料（一九八二年）》（第一辑），中共中央党校出版社1982年2月版，第176页。

而被捕牺牲的。

离开苏区、走上长征路的前夕，警卫员陈昌奉看到毛泽东的办公桌上有一张毛边纸，纸上写着：

英（狗） 青（猪）
龙（兔） 红（猴）

这几个字，陈昌奉都认识，但这几个字放在一起是什么意思，陈昌奉不知道。或许是毛主席写的"诗"？他想问问这是什么"诗"，见毛主席眉头不展，就没敢开口去问。后来在长征途中，陈昌奉见到毛主席的弟弟毛泽民，说到毛主席写的这几个字。毛泽民立即说道："毛岸英属狗，毛岸青属猪，毛岸龙属兔，毛岸红属猴。"

陈昌奉想起来了，因为长征不准带孩子，只好把毛岸红留下。毛主席写那张纸时，刚刚把毛岸红（小毛毛）送走。小毛毛哭喊着："我要爸爸，我要妈妈。"毛泽东后来说："我最怀念的还是在中央苏区生的毛毛，部队出发时，孩子站在路边送行，那时毛毛才两岁，没想到这一别就再也见不到了。"[1]

长征出发前，最高"三人团"决定，中央政治局成员分散

---

[1] 曾志：《百战归来认此身：曾志回忆录》，人民文学出版社2011年3月版，第254—255页。

到各军团去。毛泽东要求，他和张闻天、王稼祥一路同行。

1934年10月18日，傍晚，毛泽东带着警卫班离开于都城。他是在郁郁不得志的情境下踏上长征之路的。毛泽东和8万多红军指战员离开了曾经为之流血奋斗而建立起来的中央苏区，踏上了长征的漫漫征途。

10月25日，红军在赣县王母渡、信丰县新田之间突破国民党军设置的第一道封锁线。中共中央和中央红军离开了中央革命根据地。毛泽东回首告别他亲自打下的根据地，感慨地说："从现在起，我们就走出中央苏区啦！"①

临时中央把这次"败走"称为"战略转移"。毛泽东后来说："政治上既犯错误，军事上势必犯错误。……洋教条来了。他们是主张打大城市的，还有什么御敌于国门之外，不要把坛坛罐罐打烂，两个拳头打人，以后又变成什么'短促突击'。搞短促突击的总司令是谁？此人姓李名德，是个德国人，跑到我们这里当太上皇，什么人也得听他的命令。结果就把根据地送掉，来了个很好的工作，叫做'走路搬家'。……没有办法只得走的。"②"犯了路线错误，被敌人

<hr/>

① 中共中央文献研究室编：《毛泽东年谱（一八九三——一九四九）（修订本）》（上卷），中央文献出版社2013年12月版，第435页。

② 这是毛泽东1958年在中共中央军委扩大会议上说的话。载刘统《长征中红军如何度过最危急的时刻》（2016年9月9日），转载自公众号"三联书店三联书情"。

追赶得不得不走。"①

这一走，就走上了布满荆棘之路，慷慨悲歌之路。

"战略转移"中，采取大搬家的办法，把苏区能搬走的东西都搬走：制造枪械的机器、印钞机及苏区货币、医院的X光机等，以及一些盆盆罐罐。搬东西的队伍跌跌撞撞，磕磕绊绊，绵延几十里长。彭德怀气愤地说："这样抬着棺材走路，哪像个打仗的样子？"

走出苏区，中国红军前途未卜，中国共产党前途未卜，中国革命前途未卜。

残酷的现实使毛泽东认识到，"犯主观主义和路线错误，严重的要导致亡党亡国亡头。比如萧劲光同志就差点亡头"②。

亡党！亡国！亡头！

"亡头"这个词是毛泽东的发明。

再不能让错误路线继续下去了，再不能让错误的领导来安排党和红军的命运了。经历苏区的大跌宕之后，毛泽东走出个人的郁闷，以更加宽广的胸怀和更加缜密的思虑，谋划如何拯救革命。

---

① 毛泽东1961年6月21日同外宾的谈话。载吴德坤主编《遵义会议资料汇编》，中央文献出版社2009年8月版，第51页。

② 这句话是毛泽东在延安时讲的。马文瑞：《对毛泽东同志指导陕甘宁边区工作的几点回忆》，载《缅怀毛泽东》编辑组编《缅怀毛泽东》（上），中央文献出版社1993年7月版，第115页。

毛泽东知道，"独龙"难以下雨，必须争取"群龙"的支持。反"左"，必须团结和依靠更多的革命同志，包括那些被蒙蔽于"左"倾阵营里的同志。

王明、王稼祥、张闻天和博古，是"从莫斯科回来的"最受共产国际信任、重用的"四大金刚"。王稼祥、张闻天有学者风度，博古则有政治活动家的气派。王明如今远在苏联，博古是总负责人。冷静观察分析，毛泽东选择从"四大金刚"中的张闻天和王稼祥入手，他要把他俩从他们的那个"阵营"中分化出来。

贺子珍回忆说："由于王明路线的执行者给毛泽东加上的种种罪名，一直到长征时都没有勾销，在离开中央苏区前，任何人都不同毛泽东说话，他也不去找任何人。在长征初期，人们仍然不同他说话，而他却打破沉默，主动去找同志们谈话。他利用一切可能的机会，抓紧时间，同政治局的同志、中央军委的同志一个个地谈话，反复阐述他的意见：敌人实行堡垒政策，我们不能同他们硬拼，要机动灵活地打运动战，消灭敌人。""毛泽东如果争取不到多数，就不可能实现这个转折。他是在最受打击、最受孤立的情况下从少数变为多数的。为了让更多的同志了解他，了解王明路线的错误，他在上路以后，做了大量艰苦的工作。"[1]

---

① 王行娟：《贺子珍的路》，作家出版社1985年12月版，第193页。

联络同志，讲究策略。毛泽东首先做的是政治局候补委员王稼祥的工作。

王稼祥从苏联回国，是党中央1931年初派往江西瑞金根据地的"钦差大臣"。1932年1月，临时中央讨论攻打赣州的问题，毛泽东认为不应该打这一仗，打也打不赢。王稼祥按照临时中央的要求，提出"打下赣州，就是实现一省数省的胜利"[①]。结果，赣州没有打下来，红军遭受重大损失。王稼祥开始反思，他初步认识到毛泽东打仗的高明。

在解除毛泽东兵权的宁都会议上，许多人猛烈攻击毛泽东，王稼祥站出来为毛泽东辩护。他说："众所周知，我也是四中全会由中央派来苏区的，我对中央指示也一直是服从和执行的。但是，我从几次反'围剿'的胜利中以及从攻打赣州的教训中，逐步认识到毛泽东同志的思想主张，是符合红军和苏区实际情况的，他提出的战略思想和战术原则，已经被实践证明为行之有效的，他的指挥决策也一再被证明是正确的。""红军和苏区之能有今日，是与毛泽东同志的正确领导分不开的……即将开始的第四次反'围剿'，正需要毛泽东这样的指挥者与领导人……总之，我的意见是：大敌当前，不可换将，指挥重任，非他莫属。"他怕别人对他有误解，还专门强调说，"众所周知，我与毛泽东同志并非旧

---

① 王行娟：《贺自珍的风雨人生》，辽宁人民出版社2000年1月版，第149页。

交，相识不久，倒是与王明、博古等同志是老同学、老同事甚至同乡。我不赞成这种做法，而支持毛泽东的主张，相信不会被人认为是什么'小团体'或'宗派主义'。因此，我请大家撇开个人意气和人事纠纷，郑重考虑我的意见。"[1]

王稼祥在宁都会议上的"这一票"，没有能够挽救毛泽东的政治命运。但"这一票"为后来两人的密切合作打下了良好基础，为遵义会议"关键的一票"做了坚实的铺垫。

第五次反"围剿"失败了，兴旺的中央苏区丢掉了。

毛泽东说："蒋介石把我们红军像水鸭子一样赶着跑。"[2]

长征伊始，毛泽东的疟疾刚刚治愈，身体尚未恢复，许多时间是躺在担架上行军的。王稼祥在第四次反"围剿"中身负重伤，肚子里的弹片取不出来，也只能坐在担架上行军。两个人利用这个机会倾谈起来。

部队要求轻装前进，王稼祥把用不上的东西都扔了，把《两个策略》《"左派"幼稚病》等几本马列经典也扔了。他扔了书，又捡起来塞进挎包，喃喃道："扔不得，扔不得，把马列主义的书扔掉，就不是轻装，而是解除武装了。"

王稼祥问毛泽东："老毛，你都轻什么装啦？"

毛泽东说："我无装可轻了。过湘江前，我连饭锅、牙

---

① 郭晨：《万水千山只等闲》，军事科学出版社1993年11月版，第82-83页。

② 马文瑞：《七大——划时代的盛会》，载中共中央党史研究室第一研究部编《七大代表忆七大》（上），上海人民出版社2006年7月版，第73页。

刷、牙粉都轻装了。"

王稼祥指着毛泽东的铁皮箱说："你铁皮箱里还有那么多古书，都是必要的吗？"

毛泽东说："《三国演义》《水浒传》，还有一些唐诗宋词，路上捡来的地方志，都是必要的，比饭锅、牙刷还必要。"

王稼祥说："老毛，你要是能够多读点马列主义就全面了。"

毛泽东说："马列的书当然要看，马列主义是普遍真理嘛，这一点我不含糊。但是，光看马列的书也不能完全解决中国的问题。马克思不可能在一百年前的欧洲开出医治中国的万灵药方。……博古读的书还少吗？可打起仗来就没办法。"[①]

两人的交谈越来越深入。毛泽东详细分析了"左"倾路线的错误实质，指出第五次反"围剿"失败的原因。事实是最好的教员。王稼祥认同毛泽东的分析。毛泽东还谈到了自己对改变当前红军被动局面的战略策略，王稼祥听了直点头。

王稼祥回忆说："第五次反'围剿'失败之后，我党的领导干部和党员群众，目睹王明这条路线所造成的恶果，普遍不满。在长征到达遵义城之前，毛泽东同志身体欠佳，我也在第四次反'围剿'时，在宣黄胜利后负伤，同坐了担

---

① 郭晨：《万水千山只等闲》，军事科学出版社1993年11月版，第90-92页。

架。一路上，毛泽东同志同我谈论了一些国家和党的问题，以马列主义的普遍真理和中国革命实践相结合的道理来教导我，从而促使我能够向毛泽东同志商谈召开遵义会议的意见，也更加坚定了我拥护毛泽东同志的决心。"①毛泽东善于以简洁精妙的语言点化出一片理论新境，化解理论与实践脱离的困境。

在做王稼祥的工作的同时，毛泽东也在争取张闻天。

中共中央书记处由博古、张闻天、周恩来、项英组成，张闻天是书记处书记，相当于中央政治局常委。张闻天第一次见到毛泽东时，毛泽东已被剥夺了党权和军权，处于半靠边站状态。张闻天后来在《反省笔记》中说："我一进中央苏区，不重视毛泽东同志是事实，但并无特别仇视或有意要打击他的心思，也是事实。……同他（指毛泽东）关系也还平常，他的文章我均给他在《斗争》报上发表。但究竟他是什么人，他有些什么主张与本领，我是不了解，也并没有想去了解过的。"②

张闻天原本站在王明路线一边。他进入苏区，下车伊始，参与了反"罗明路线"的斗争。他写文章、作报告，表

---

① 王稼祥：《回忆毛泽东同志与王明机会主义路线的斗争》，《人民日报》1979年12月27日，第2版。

② 张闻天：《从福建事变到遵义会议》（一九四三年十二月十六日），载中共中央党史资料征集委员会、中央档案馆编《遵义会议文献》，人民出版社2009年7月版，第84页。

现得非常积极。他在延安整风中反省说："当时我反对罗明路线时，主观上并未想到这是为了要反对毛泽东同志。当时我觉得毛泽东同志已经不在其位，再去反已经没有什么意义。这从我写的文章中也可看出。"①

张闻天先是分管政府工作，后任人民委员会主席，相当于总理。毛泽东是苏维埃主席。两人比邻而居，因为工作关系，彼此来往比较多，这些因素促成了他们在某些思想上的接近和相互关系的靠拢。一天，喜欢开玩笑的毛泽东拿着两个萝卜对张闻天喊道："萝卜，萝卜。""萝卜"是"洛甫"的谐音。

张闻天接触苏区革命的实际，又受到毛泽东影响，他的思想逐渐摆脱"左"的一套。他同博古、李德的矛盾趋于激化。张闻天对博古当党的总负责人，并不满意。他说："他爬在我上面，我总觉得他'不配'！（至于爬在别的同志，如毛泽东同志等的头上'配不配'，我当然没有想）"②

第五次反"围剿"的失败，促使张闻天进行反思。长征出发前夕，张闻天对"最高三人团"的军事路线和专断作风极为不满，他向毛泽东倾诉自己的意见。张闻天说："从此，我同泽东同志接近起来。他要我同他和王稼祥同志住在一

---

① 张闻天：《反省笔记》，载何方《何方谈史忆人》，世界知识出版社2010年10月版，第40页。

② 何方：《何方谈史忆人》，世界知识出版社2010年10月版，第41页。

起——这样就形成了以毛泽东同志为首的反对李德、博古领导的'中央队'三人集团，给遵义会议的伟大胜利放下了物质基础。""长征出发后，我同毛泽东、王稼祥二同志住一起。毛泽东同志开始对我们解释反五次'围剿'中中央过去在军事领导上的错误，我很快地接受了他的意见，并且在政治局内开始了反对李德、博古的斗争，一直到遵义会议。"①

毛泽东、张闻天和王稼祥在长征初期一起行军，形影不离，被称为"中央队三人团"，以同"最高三人团"相区别。

有一天，一阵喧哗。毛泽东听闻张闻天骑马时从马背上摔下来，紧忙赶来，一看张闻天身体无恙，开玩笑说："阿弥陀佛，没事就好。秀才摔跤也有学问呀，听我老毛吟一首打油诗助兴。"

毛泽东给张闻天写的打油诗，目前见到有两个版本（或者是两首），一个版本是：

洛甫洛甫真英豪，不会行军会摔跤；
四脚朝天摔得巧，没伤胳膊没伤脑。②

---

① 张闻天：《从福建事变到遵义会议》（一九四三年十二月十六日），载中共中央党史资料征集委员会、中央档案馆编《遵义会议文献》，人民出版社2009年7月版，第84-85页。

② 郭晨：《万水千山只等闲》，军事科学出版社1993年12月版，第71页。

另一个版本是：

洛甫骑马过湖南，四脚朝天滚下山。
人受轻伤马没死，菩萨保佑你平安。①

这两首打油诗的真实性还需要进一步考证。张闻天的夫人刘英说："他在我面前念过一首打油诗，说洛甫四脚朝天滚下山。原来经过湖南时，有一次闻天骑在马上打瞌睡，从山上跌下来，马没有跌死，人没有受伤。"②看来，毛泽东确实因张闻天摔下马来而写过打油诗。

张闻天性格内向，不苟言笑，不善交际。毛泽东耐心细致地做他的工作。在延安时毛泽东说出了争取张闻天的心路历程："张闻天在中央、在相当一部分人中间是颇有影响的人物，不只因为他的地位和身份，而且还有他个人的为人和修养。""正因为考虑到张闻天当时在党内的地位和影响，在长征路上，才用很大的耐心，隐忍着种种痛苦，极力接近张闻天，苦口婆心地开导他，说服他，陈述自己对某些重大问题的观点和想法。"毛泽东说，"这是因为只要能说服和争取到张闻天，问题就解决了一大半，通过张闻天再影响、

---

① 刘汉民：《毛泽东诗词佳话》，人民出版社2013年10月版，第81页。
② 刘英：《刘英自述》，人民出版社2005年10月版，第71页。

说服别人就容易得多了。"①

贺子珍说："毛泽东也有性情急躁、作风生硬的时候，这也一定程度地影响了同志间的关系和同志间的相互谅解。在遵义会议之前，他认识到，如果不能让更多的中央领导同志认识王明路线的错误，我们党就要垮台，红军也要垮台。他变得更耐心了，一个人一个人地做工作，终于争取到多数，扭转了形势。"②

担架上的毛泽东、担架上的王稼祥、担架上的张闻天，一起行军，一起宿营，一起聊天，一起讨论当下急迫的军事危机。

"担架"作为一个象征，成为毛泽东、王稼祥、张闻天走到一起的标识。

因担架上推心置腹的交谈，三个人的感情更加深厚，思想更加接近了。

"战略转移"，步伐凌乱。几万人的大军，浩浩荡荡，卷起漫天尘土。没有退路，没有后方，没有明确的前方，没有稳定的后勤补给，没有可靠的兵源补充，没有歇脚之地，战斗随时打响，战友随时倒下……人心惶惶，军心不稳。大家都感到，再这样下去，队伍就散了，革命就完了。

① 师哲回忆，李海文整理：《在历史巨人身边：师哲回忆录》，中央文献出版社1991年12月版，第175-176页。

② 王行娟：《贺子珍的路》，作家出版社1985年12月版，第215页。

　　长征开始才两个来月，八万多红军减少到三万来人。残酷的现实促使革命者深入思考：失败的原因是什么？问题究竟出在哪里？

　　为了挽救红军、挽救革命，毛泽东、张闻天、王稼祥三位经历不同、性格不同、知识结构不同乃至有些前嫌的革命者走到了一起。

　　过了湘江后，毛泽东提出"讨论失败"问题。

　　"讨论失败"！这是一个紧迫而深刻的课题。

　　讨论失败，是正视失败，审视失败，以失败为师。讨论失败，是为了避免更大的失败。红军已经输不起。红军已经经不起更大的失败了。中国共产党不能再失败下去了。再失败下去，就是"亡头""亡军""亡党"。

　　"中央队三人团"在讨论中，在反"围剿"失败的原因，党和红军面临的危险局势、解脱困境的办法上达成了一致的认识。他们认为，必须尽早要求召开会议，总结失败的教训，解决军事领导权问题。

　　担架上的谈心，思想上的交流，使得毛泽东与张闻天、王稼祥对"左"倾军事路线的认识达成一致，促成了改变中国革命命运的遵义会议的召开。毛泽东后来说："这是我打祝家庄实行内部分化的一幕。"①堡垒容易从内部攻破。毛

---

① 《胡乔木回忆毛泽东》编写组：《胡乔木回忆延安整风》（下），《党的文献》1994年第2期，第68页。

泽东从古代历史、古典小说中汲取革命灵感。他引用《水浒传》中"三打祝家庄"的故事来说明他分化"四大金刚"的做法。

美国著名记者哈里森·索尔兹伯里在《长征——前所未闻的故事》一书中，耸人听闻地称之为"担架上的'阴谋'"。

其实，毛泽东、张闻天和王稼祥的交流属于党内同志的正常交流，他们的交谈都是对党负责为党分忧，既是在深重夜色包裹下进行的谈话，也是在"阳光"下进行的。他们是"公开的密谋"，不是"阴谋"，而应称之为"阳谋"。"阳谋"是毛泽东在延安发明的词语。

光有张闻天和王稼祥的支持，力量还不足以扭转乾坤。毛泽东深入各军团，和指战员一起反思第五次反"围剿"失败、失去苏区根据地的原因。李德在《中国纪事》中写道，毛泽东"不顾行军的纪律，一会儿呆在这个军团，一会儿呆在那个军团，目的无非是劝诱军团和师的指挥员和政委接受他的思想"。李德一直用怀疑的目光盯着毛泽东。

扭转乾坤，还需要一位更加关键的人物：周恩来。

长征开始时，周恩来身兼数职："中央三人团"成员之一、中央书记处书记、中央革命军事委员会副主席、红军总政委。他威信高，影响大，能否改变"左"倾方针和错误的领导，他起着关键作用。

贺子珍回忆说，毛泽东经常去找周恩来，"在王明路线统治中央时期，周恩来是主要领导人之一，是军委主席，但毛泽东对他的看法一向与其他人不同。他常常对贺子珍说，周恩来实际上是个执行者，真正的决策人，一个是李德，一个是博古。毛泽东在长征路上给中央提出的很多建议，都是同周恩来谈的。他建议中央放弃与红二、红六军团会合，把红军队伍拉到贵州，也是先得到周恩来的同意，并通过周恩来去实行的"①。

毛泽东还对贺子珍说过一句分量很重的话："那时争取到周恩来的支持很重要，如果周恩来不同意，遵义会议是开不起来的。"②

毛泽东运筹帷幄，默运乾坤。

---

① 王行娟：《贺子珍的路》，作家出版社1985年12月版，第194页。
② 王行娟：《贺子珍的路》，作家出版社1985年12月版，第195页。

## 老山界顶，毛泽东三声高呼

每个共产党员，都要如和尚念"阿弥陀佛"一样，随时随地都要念叨着"争取群众"，这是共产党员的护身法宝，是共产党立于不败之地的根本。

——毛泽东

长征之初，博古、李德、周恩来组成的最高权力机构"三人团"掌握着指挥中央红军的大权。

长征，本来是想要从江西到湖南，建立一块根据地。11月下旬，一场湘江血战，红军被敌人拦截打击。虽经喋血苦战，突破了蒋介石设置的湘江封锁线，跳出包围圈，却付出了沉重的代价。经过沿途损耗，湘江战役之后，红军从出发时的八万六千余人，锐减为三万来人，一些部队全军覆没。

湘江，毛泽东太熟悉了。这是流过他家乡的一条江，是"地球上东半球东方的一条江。他的水很清。他的流很长"[①]；是他求学时代"中流击水"的一条河，是他在《沁园春·长沙》（1925年）咏叹过的一条河。而此时，湘江两岸的战火熊熊燃烧，湘江涌流着战士的血。残阳如血，夜空如血，月亮也血红血红的。战场上，到处是牺牲的战士、被丢弃

---

① 中共中央文献研究室、中共湖南省委《毛泽东早期文稿》编辑组编：《毛泽东早期文稿》，湖南出版社1990年7月版，第294页。

的机器、散落的文件。湘江水都被指战员的鲜血染红了。

红五军团担负全军的总后卫任务。红五军团第三十四师、红三军团第十八团几乎全军覆没。五军团参谋长刘伯承过了湘江，见到谭政，他问："被截断的两个师带过来多少人？"谭政说："四百多号人。"边说边哭。刘伯承抱着谭政安慰说："我们不要哭！我们不要哭……"他说着，眼泪也唰唰地流下来。

数万忠勇之士，抛头颅，洒尽热血。湘江边的老百姓说："三年不饮湘江水，十年不食湘江鱼。"

朱德说："不到两个月，就损失了五六万人哪！这支部队是我们从井冈山带出来的，一步一步发展壮大起来，是多么不容易啊，这样，一下子就被国民党搞掉五六万，这是对中国革命的犯罪啊。"[1]

湘江战役失败后，"最高三人团"中的博古失去了政治家的气质，指战员那淋漓的鲜血每每浮现在脑海，他神情恍惚；"太上皇"李德一筹莫展，强装镇静；周恩来也是一脸愁容，无可奈何。聂荣臻看到，博古痛心疾首，异常苦闷，他在行军途中拿着一支手枪朝自己瞎比画。聂荣臻提醒说："你冷静一点，别开玩笑，防止走火。这不是瞎闹着玩的！"[2]

---

① 杨胜群、陈晋主编：《红军长征重大决策见证录》，生活·读书·新知三联书店2006年10月版，第64-65页。

② 聂荣臻：《聂荣臻回忆录》，战士出版社1983年8月版，第227页。

面对失败，李德一面唉声叹气，一面诿过于人。他先拿红二十二师师长周子昆开刀。

红二十二师在湘江岸边进行阻击，被打垮了，只有负伤的周子昆等十多人突围出来。

李德指责周子昆临阵脱逃，他粗暴地训斥说："你的部队呢？没有兵还有什么脸逃回来！"他命令警卫班将他捆起来，送军事法庭处置。

警卫班战士听了，一个也不肯动手。

博古在一旁默不作声。

毛泽东说："周子昆交给我处理。"

毛泽东同周子昆谈话，鼓励他放下包袱，继续带兵打仗。

李德知道后，气得暴跳如雷："你这是收容败将，笼络人心。"

毛泽东说："李德同志，笼络人心有什么不好，革命总是需要人多一些好嘛。"

湘江一战，红军遭受惨重损失。指战员们开始思考：这一切究竟是怎么发生的？！

一路败走，将士憋屈，群山惶恐。

同样的指挥员，同样的战斗员，面对的是同样的敌人，原来总是打胜仗，现在老是打败仗，为什么？许多红军指战员发出疑问：

"为什么毛主席指挥我们时接连胜利，现在却光打败仗？"

"为什么不让毛主席来继续指挥我们？"

刘伯承说："广大干部眼看反五次'围剿'以来，迭次失利，现在又几乎濒于绝境，与反四次'围剿'以前的情况对比之下，逐渐觉悟到这是排斥了以毛泽东同志为代表的正确路线、贯彻执行了错误的路线所致，部队中明显地滋长了怀疑不满和积极要求改变领导的情绪。这种情绪，随着我军的失利，日益显著，湘江战役，达到了顶点。"①

领导人最重要的作用是带着他的团队取得成功，赢得胜利。成败检验领袖。毛泽东领导红军打赢三次反"围剿"战争，赢得了红军指战员的信任。博古、李德领导红军老打败仗，红军指战员失去了对他们的敬意和信任。

失败否定领袖。老打败仗，谁还愿意跟你走！"群龙无首"不行，"群龙弱首"也不行，"群龙"更不会跟着一个老打败仗的"龙首"。

失败呼唤新的领袖。

1934年12月，红军血战湘江之后，毛泽东和指战员一起翻越老山界。

老山界主峰海拔两千多米，群峰高耸，悬崖峭壁，气候瞬息万变，有的地方老百姓都没有上去过。这是红军长征以来遇到的第一座高山。

---

① 《刘伯承回忆录》，上海文艺出版社1981年11月版，第4页。

山重水复，悬崖移开，一片晴天飞入眼中。毛泽东拄着一根木棍，登临老山界的山顶，一览众山小，一览脚下之沟壑。

天地静默。突然，毛泽东放声高呼："阿弥陀佛！阿弥陀佛！阿弥陀佛！"[1]

众山回响，天际线涌动。身边的一群战士，有的迷惑地看着毛泽东，有的咧嘴在笑，有的低头沉思，有的顺着毛泽东的目光看向远方，有的握紧手中的枪。

一只苍鹰在湛蓝的天空盘旋。毛泽东为什么在此时此地连呼三声"阿弥陀佛"？是因为想起了少年时跟着母亲信菩萨拜菩萨的经历，还是因为想起了困住在云石山时像"粪坑里的菩萨"那样的苦难？他是为红军指战员祈福，还是像被压五百年的孙悟空那样渡尽劫波要"出山"？一切无人知晓。

若认为毛泽东是求佛保佑，那说明有这种观点的人的思想还处于朴素的初级阶段。"家家弥陀佛，户户观世音。"信仰菩萨是中国民间的传统。毛泽东早已从信佛者成为无神论者。如果联系毛泽东长征前后关于"阿弥陀佛"的各种说法，或许可以窥见毛泽东高呼"阿弥陀佛"的真谛——

毛泽东说："我七八岁时，相信过神。"[2]《毛泽东年

---

① 郭晨：《万水千山只等闲》，军事科学出版社1993年12月版，第76页。

② 中共中央文献研究室编：《毛泽东年谱（一九四九——一九七六）》（第四卷），中央文献出版社2013年12月版，第51页。

谱》记载：毛泽东"因受母亲影响，幼年曾信佛"。毛泽东的孙子毛新宇在《我的爷爷毛泽东》中记载："15岁时，他曾为母亲治病而去南岳山烧'朝拜香'。即手拿小凳，走十来步就跪下去一次，嘴里还要唱'南岳圣帝，阿弥陀佛……'，这样要走百来里路"。

毛泽东成为革命家之后，用"阿弥陀佛"这个中国老百姓都熟悉的形象来表述他的革命理论。他在江西革命根据地时说过："每个共产党员，都要如和尚念'阿弥陀佛'那样，随时随地都要念叨'争取群众'，这是共产党的护身法宝，是共产党立于不败之地的根本法宝。丢掉这个法宝，革命就要失败，共产党就一事无成。"[①]

长征过草地时，毛泽东身边只有一条薄薄的线毯子。保卫局的警卫员蒋学道想起自己的包袱里有一块带画的油布。这布上画着些神仙，画的表面涂了一层桐油之类的东西，既能遮雨，又能铺在地上挡潮。蒋学道找出那张油布，将油布送给毛泽东。毛泽东打开油布一看，笑着问："这上面画的是什么，你们知道吗？"蒋学道愣愣地摇头。"告诉你们吧，这上面画的是观世音菩萨，是藏族同胞供的神灵，不能随便动。"毛主席又问，"这是从哪弄来的呀？"

---

① 萧华：《激江两岸的春雷——回忆毛泽东同志在兴国》，载中共中央党史研究室图书资料室编《中共六十年纪念文选》，中共中央党史出版社1982年3月版，第308页。

蒋学道回答说："这是我的一个战友在过雪山牺牲后留下来的。听说他的母亲是藏族人。……参军时，他妈妈送给他的。""啊，是这样。"主席沉思了一会儿，又看了看那张画，说，"这个画上的观世音，传说是慈悲的化身，也是救苦救难的神仙。"主席又问："你们这一路顺利吗？""顺利。"蒋学道回答。"好，顺利就好。看来好像真有观世音在保佑你们喽！"毛主席风趣地说，"我们共产党领导的红军，现在爬雪山、走草地、吃野菜、嚼草根、啃皮带，为的是推翻压在中国人民身上的帝国主义、封建主义和官僚资本主义这三座大山。救苦救难靠我们自己，靠人民。全国的劳动人民，为了自身的解放，也都会行动起来，会同我们一起奋斗。所以，我们都是'观世音'，全国的劳动人民也都是'观世音'，是活着的'观世音'……"[1]

1940年1月16日，陕甘宁边区农工展览会上，毛泽东说，"老百姓可以骂我们，我们却不能骂他们，因为他们是主人"，"是党的活菩萨"[2]。

新中国成立后，毛泽东还说："共产党人应像念佛一样

① 蒋学道：《人民都是活"观音"》，载李富春、陆定一《星火燎原》（第13集），解放军出版社2009年9月版，第337页。

② 毛泽东这一席话是1940年1月16日讲的。载张太原《毛泽东新民主主义社会构想演变历程考察——基于理想追求和历史变动视角》，《党的文献》2020年第3期，第48页。

时刻念着人民，把人民的疾苦捧在心上。"①

　　毛泽东把人民当"佛"，把百姓当"菩萨"。他在老山界上高呼三声"阿弥陀佛"的原因或许就在这里。

　　毛泽东说："我们有些人在军事指挥上犯了错误，打又不打，走又不走，好比叫花子打狗，狗咬人，叫花子不敢打狗，反而将自己的衣服扯得更烂了。"②

　　走下老山界，毛泽东一掷乾坤……

①　郭雷庆：《这里有共产党员的精神家园——"'老三篇'新读"之二》，《博览群书》2021年第8期，第86页。

②　邝任农：《我见毛泽东同志的一些回忆》，载中央文献研究室《缅怀毛泽东》编辑组编：《缅怀毛泽东》（下册），中央文献出版社1993年12月版，第234页。

## 从通道到猴场，三个回合的较量

我们再也不能像开始长征那样，叫花子打狗——边打边走了！

——毛泽东

时机到了。

过了湘江后，毛泽东提出"讨论失败"。从老山界一直到黎平，毛泽东与他的战友和同志都在"讨论失败"。

红军边打边走。进抵湖南通道县城，红军准备由此北上，到湘西与红二、红六军团会合。

蒋介石预测到了红军的意图，调集40万大军，在湘西的城步、武冈一带布置了一个"大口袋"——宛如猎人设计好的完美陷阱，严丝合缝，不给一条生路。

敌人霍霍的磨刀声声声可闻，李德却坚持原定计划，这相当于率领红军钻进蒋介石布置好的包围圈。如果红军真钻进去，结果就是全军覆灭。

毛泽东听到了不远处一群虎狼的蹄声。在这生死存亡的紧急关头，毛泽东挺身而出。他认为，红军不能按原计划行动，不能再去同红二、红六军团会合，必须改向敌人力量薄弱的贵州前进。

李德的翻译伍修权回忆："在这危急关头，毛泽东向中央政治局提出，部队应该放弃原定计划，改变战略方向，立即转向西到敌人力量薄弱的贵州去，一定不能再往北走了。"

周恩来赞同毛泽东的主张。这时候，博古、李德已因湘江战役失败而垂头丧气，红军的指挥任务更多地转移到周恩来肩上。

12月12日，中共中央负责人在湖南通道举行临时紧急会议，参加者有博古、周恩来、张闻天、毛泽东、朱德、王稼祥和李德等。这是毛泽东两年多来头一回参与军事决策。会议由周恩来召集，讨论战略行动方针问题。李德、博古不顾已经变化了的客观情况，仍坚持去湘西同红二、红六军团会合的计划。李德提出："我提请大家考虑：是否可以让那些在平行路线上追击我们的或向西面战略要地急赶的周（浑元）部和其他敌军超过我们，我们自己在他们背后转向北方，与二军团建立联系。"①

毛泽东不同意李德的意见，说明红军主力现时北上湘西，将会陷入敌军重围，后果不堪设想。他又根据红军破译的敌台的电报指出：国民党军队正以五六倍于红军的兵力构筑起四道防御碉堡线，张网以待，"请君入瓮"！毛泽东建议改向敌军力量薄弱的贵州西进。

---

① 中共中央文献研究室编：《毛泽东传》（一），中央文献出版社2011年1月版，第341页。

周恩来也赞同这个主张。王稼祥、张闻天在发言中支持毛泽东的主张。

博古打了败仗，底气不足，不再固执己见。李德因为自己的意见被否定而提早退场。

会议根据大多数人的意见，通过了西进贵州的主张。

通道会议是"中央队三人团"与"最高三人团"的第一回合较量，打破了"最高三人团""处理一切"的权力。"最高三人团"开始分化。

在通道，通向失败的"通道"被修改，通向胜利的"通道"正在打开。

通道转兵。红军向黔东挺进，一下子把蒋介石在湘西布下的"大口袋"置于无用之地。

12月15日，红军占领黎平，获得了长征以来的第一次短暂休整的机会。

12月18日，中央政治局在黎平举行会议。这次会议仍由周恩来主持，继续讨论红军的战略行动方向问题。

博古提出：由黔东北上湘西，同红二、红六军团会合。李德因病没有出席，但托人把他坚持同红二、红六军团会合的意见带到会上。

毛泽东主张向贵州西北进军，在川黔边建立新的根据地。他摆事实，讲道理，循循善诱，申明大义。王稼祥、张闻天支持毛泽东的主张。会议经过激烈争论，接受毛泽东的意见，并通过根据毛泽东的意见写成的《中央政治局关于战略方针之决定》。"决定"明确指出："鉴于目前所形成之情况，政治局认为过去在湘西创立新的苏维埃根据地的决定在目前已经是不可能的，并且是不适宜的"，"政治局认为新的根据地区应该是川黔边区地区，在最初应以遵义为中心之地区，在不利的条件下应该转移至遵义西北地区"①。博古的意见被会议所否定，他服从了会议决定。

会后，周恩来把黎平会议决定的译文送给李德看，还说要起用刘伯承。李德大发雷霆，向周恩来提出质问。周恩来的警卫员范金标回忆说，两人用英语对话，"吵得很厉害。总理批评了李德。总理把桌子一拍，搁在桌子上的马灯都跳起来，熄灭了，我们又马上把灯点上"。博古听说周恩来和李德吵起来时，对周恩来说："不要理他（指李德）。"②博古开始不再盲目听信李德了。

周恩来回忆说："从湘桂黔交界处，毛主席、稼祥、洛甫即批评军事路线，一路开会争论。从老山界到黎平，在黎平争论尤其激烈。这时李德主张折入黔东。这也是非常错误的，是要陷入蒋介石的罗网。毛主席主张到川黔边建立川黔

---

① 吴德坤主编：《遵义会议资料汇编》，中央文献出版社2009年8月版，第3-4页。

② 中共中央文献研究室编：《毛泽东传》（一），中央文献出版社2011年1月版，第342页。

根据地。我决定采取毛主席的意见，循二方面军原路西进渡乌江北上。李德因争论失败大怒。此后我与李德的关系也逐渐疏远。我对军事错误开始有些认识。"①

黎平会议是第二个回合的较量。这是一个重大转折。会议之后，红军放弃同红二、红六军团会师和建立湘西根据地的原定计划，挥戈西指，向遵义进发。这样就把十几万敌军甩在了湘西，中央红军由此赢得了主动。部队连战连捷，面貌为之一新。

在黎平会议后，中央重新任命被李德、博古派到红五军团当参谋长的刘伯承为红军总参谋长。

李德和博古对黎平会议的决定持不同意见，又提出两个主张：一是不过乌江，二是回过头去与红二、红六军团会合。

1934年的最后一天，阴冷逼人，中共中央在猴场召开政治局会议。这个"跨年"会议，开到1935年1月1日。这是"中央队三人团"与博古、李德的第三次较量。

会议上，毛泽东重申红军应在川黔边地区先以遵义地区为中心建立新的根据地的主张。多数与会者赞同这个意见。李德、博古的主张再次被否定。

会议决定，红军立刻强渡乌江、攻占遵义。会议通过的

---

① 周恩来：《在延安中央政治局会议上的发言》（一九四三年十一月二十七日），载中共中央党史资料征集委员会、中央档案馆编《遵义会议文献》，人民出版社2009年7月版，第68页。

《中央政治局关于渡江后新的行动方针的决定》指出："关于作战方针，以及作战时间与地点的选择，军委必须在政治局会议上做报告。"这实际上取消了"最高三人团"特别是李德的军事指挥权。

三个回合的较量，并没有从根本上解决问题，争论仍没有结束。正如周恩来所说："从黎平往西北，经过黄平，然后渡乌江，达到遵义，沿途争论更烈。在争论过程中间，毛主席说服了中央许多同志。"①

红军过乌江之前，正是橘子收获的季节。在一个挂满橙黄色橘子的橘子园里，张闻天和王稼祥停下来休息，两个人在担架上并头躺着。

王稼祥看着黄澄澄的橘子，问张闻天："也不知道这次转移，最后目标中央究竟定在什么地方？"

张闻天也看着橘子，他说："唉，没有个目标。这个仗这么打下去不行。肯定是不行的。毛泽东同志打仗有办法，比我们都有办法。我们是领导不了啦，还是要毛泽东同志出来。"

张闻天的话正好说到王稼祥的心坎上。

晚上，王稼祥给彭德怀打电话，把同张闻天的"橘园谈话"告诉了彭德怀。彭德怀又把张闻天的话告诉了几个将领。

---

① 周恩来：《党的历史教训（节录）》（一九七二年六月十日），载中共中央党史资料征集委员会、中央档案馆编《遵义会议文献》，人民出版社2009年7月版，第71页。

天上下起了"毛毛雨"。贵州真的是"天无三日晴，地无三尺平"。

张闻天、王稼祥向毛泽东提出，到遵义地区后，召开中央政治局扩大会议，总结第五次反"围剿"以来军事指挥上的经验教训。

张闻天是中央政治局委员，王稼祥是中央政治局候补委员，两人都是从莫斯科回来的，具有共产国际的背景。在当时的政治语境中，许多话他俩可以说，毛泽东不能说，其他人也不好说。正如红一军团第二师四团团长耿飚所说："认真想起来，遵义会议如果没有张闻天（按：应包括王稼祥）首先在中央提出这个问题来，会议就不可能开。事实上，如果他不提出来，也没有别人敢提呀。过去苏区多少同志因为提不同意见就挨整呀。"①

聂荣臻在长征中任红一军团政治委员。因脚部受伤，在一家壮族老百姓那里找了个民间医生开刀手术，手术后只能坐担架行军。为了不给频繁作战的军团添麻烦，他有时跟着军委纵队行动。躺在担架上，他反思湘江战役，他冥思苦想，为什么不能让毛泽东同志出来领导？领导问题不解决，我军就难以彻底地由被动变为主动。

在荒无人烟的山岭上，在壮族的茅草屋里，聂荣臻和

---

① 耿飚：《张闻天对遵义会议的特殊贡献》，《人民日报》1994年12月18日，第5版。

王稼祥一起交换意见。王稼祥和聂荣臻认为：事实证明，博古、李德等人不行，必须改组领导。王稼祥对聂荣臻说，应该让毛泽东同志出来领导。聂荣臻当即表示赞成。聂荣臻回忆说："王稼祥同志提出，应该让毛泽东同志出来领导，我说我完全赞成，我也有这个想法。而这个问题，势必要在一次高级会议上才能解决。"①

"毛毛雨"一直在下……

橘子熟了，啪的一声落在地上。

"中央队三人团"的担架在敌人的枪声和南方的烟雨中时隐时现。

"最高三人团"中的博古处于惶惑中，李德一口一口地闷头抽烟，周恩来忙着指挥部队的行动。

毛泽东面颊消瘦，头发长得老长。警卫员劝他理发。他说，不打胜仗不理发。

刘伯承说，这个时候，"领导者已没有办法"，有的领导"也多少有了点觉悟"②。形势比人强。召开会议"研究失败"、解决问题的时机逐渐成熟。

离遵义越来越近了。毛泽东一边捉裤子上的虱子，一边对

① 聂荣臻：《聂荣臻回忆录》，战士出版社1983年12月版，第243页。

② 刘伯承：《两条军事路线的斗争情况（提纲节录）》（一九六二年七月），载中共中央党史资料征集委员会、中央档案馆编《遵义会议文献》，人民出版社2009年7月版，第98页。

张闻天、王稼祥说，翻了一下《遵义府志》，遵义曾经附属于夜郎国，唐贞观十六年始称遵义，历史上曾经隶属于四川……

# 历史的天空开了一扇"天窗"

我们扩大一下，我把拥护我们主张的下面的人找来，你们把拥护你们主张的下面的人也找来，搞个扩大会议。

——毛泽东

"必须在最近时间召开一次中央会议，讨论和总结当前军事路线问题，把李德等人轰下台去！"[①]万马齐喑，王稼祥叫出第一声。

这一段时间，毛泽东说服了中央许多同志，首先是得到王稼祥的支持，还有其他同志。周恩来说："毛主席先取得了稼祥、洛甫的支持。那时在中央局工作的主要成员。经过不断斗争，在遵义会议前夜，就排除了李德，不让李德指挥作战。这样就开好了遵义会议。"[②]

毛泽东、张闻天、王稼祥之所以能够成功建议在遵义召开会议，总结第五次反"围剿"以来军事指挥上的经验教训，除了"担架上的阳谋"，还有一个关键性因素：中国共产党与共产国际"失联"了。

---

① 吴德坤主编：《遵义会议资料汇编》，中央文献出版社2009年8月版，第127页。

② 周恩来：《党的历史教训（节录）》（一九七二年六月十日），载中共中央党史资料征集委员会、中央档案馆编《遵义会议文献》，人民出版社2009年7月版，第70页。

中国共产党是在苏联共产党和共产国际帮助下成立的。中国共产党成立的时候，在理论、实践、干部、组织等工作上的准备与经验都有所欠缺，主要靠共产国际的指导与帮助。1922年7月，中共二大明确宣布："中国共产党为国际共产党之中国支部。"这个决定是当时历史条件下的必然且正确的抉择。

共产国际，又叫第三国际，1919年由列宁领导创建。这个国际性的共产党和共产主义组织，是全世界共产党组织的"领导"，是各国共产党人的"娘家"。

作为共产国际的下属支部之一，中国共产党一直处在共产国际的绝对领导下。中国共产党的建设与发展，一方面得益于共产国际多方面的扶持帮助，另一方面又受制于共产国际——无论是在组织上还是政治路线上，都得听从共产国际的。中国共产党召开的重要会议、制定的方针政策，乃至谁当领导人，都需要共产国际的认可和批准。

共产国际像一个"幽灵"一样影响着中国共产党。中国共产党第一任总书记陈独秀，是共产国际"定"下来的。1927年大革命失败，陈独秀"下课"。在共产国际代表罗明纳兹主导下，瞿秋白成为中共的第二任负责人。瞿秋白在位一年，共产国际一"吹哨"，他立马"下课"。1928年6月，中共六大在莫斯科召开，受到共产国际选拔干部时片面强调工人成分的影响，武汉码头工人向忠发随后被推举为中央政治局主席兼中央政治局常委会主席。不久，向忠发不被共产国际所信任，党内资历和实际斗争经验非常不足的王明、博古因被共产国际看重，被推举成为中国共产党的核心领导人。王明去了莫斯科，他推荐连中央委员都不是的博古作为党中央的总负责人，也得到共产国际的认可。24岁的博古就这样成为中共第四任负责人。

可以说，中国共产党自1921年成立之后的十几年，取得的伟大成绩中有共产国际的一份功劳，它的失误、失败也与共产国际把苏联的经验生搬硬套于中国革命有很大关系。李德之所以到中央苏区后以军事顾问的身份独揽大权，发号施令，无可阻挡，与中国共产党人信赖、崇拜和依赖共产国际有很大关系。

临时中央转移到中央革命根据地后，根据地成为中央苏区。王明在莫斯科发号施令，都是用密码电报发给上海的无线电台，再转到中央苏区，从而指挥中共中央的行动。毛泽东说这是"电报闹革命"，意思是说，王明之流，身在国外，不了解中国革命的实际，靠打电报来指导中国的革命。

1934年10月，中共上海中央局遭到敌人破坏，国民党特务逮捕了上海中央局书记盛忠亮和电台工作人员，劫走了收发报机和其他通信器材，致使中共中央中断了与共产国际的电讯联络。湘江战役中，中共中央的大功率电台也被炸毁。中共中央与远方的"顶头上司"共产国际中断了联系。

　　李德在《中国纪事》中说："中央委员会上海局连同电台都被国民党秘密警察查获了。这样，我们同共产国际代表团以及同共产国际执行委员会的联系完全中断了。由此而来的中央同外界的完全隔断，对以后事态的发展产生了无法估量的影响。""中央同外界的隔断，正中了毛泽东的下怀……"

　　历史的进程是受方方面面的因素影响的。中国古人说"天时地利人和"。时候不到，一切皆空；天机时来，不刻而工。

　　天空中飞不来远方的电报。

　　天机凑泊。"天时"到来。

　　时来天地皆同力。中共与共产国际的联系中断，使得中共党人可以不经莫斯科批准，独立自主地决定自己的事情。中国共产党人自己决定：在遵义召开一个政治局扩大会议。

　　历史的天空上偶然打开的这扇"天窗"，成就了中国共产党，成就了毛泽东，也拯救了中国共产党，拯救了中国革命。

　　关于政治局扩大会议，这里不妨多说几句——

　　李德的翻译伍修权回忆说："毛泽东通过王稼祥等向中央提议，在遵义召开政治局会议，总结检查前一阶段的工作，特别是反'围剿'的失败问题，讨论解决面临的严重局势。毛泽东考虑到政治局委员中有近半数人不在遵义，在遵义的又未必都能支持他的主张，又建议将会议扩大到红军军团指挥员一级，红军将领中许多是从井冈山到历次反'围剿'都和毛泽东一起战斗的，他们早对李德、博古的瞎指挥不满，他们的参加会议，使毛泽东增加了一批天然的支持者，这就保证了他的正确主张，能在会议上得到多数的支持。"[1]

这里有个关键词：扩大会议。

即将在遵义召开的是中央政治局扩大会议。

"扩大会议"是什么意思？

政治局扩大会议的与会成员，不像政治局会议那样必须是政治局委员，它可以"扩大"到政治局委员以外的相关同志。

李德对"扩大会议"十分不满。他说："……召开了所谓的扩大会议……邀请了临时革命政府委员、总参谋部的工作人员，以及军团和师的指挥员、政委等来参加1935年1月7—8日举行的会议。这些人形成了多数，他们违背党章的规定和党内生活的一切准则，不仅参加讨论而且还参加表决……"[2]这是李德在发泄私愤。当时的中共中央政治局委员共有十一人，王明和康生在苏联，张国焘在四川，任弼时在湘鄂川黔根据地，项英在江西开展游击战，除了他们五人外，博古、张闻天、周恩来、陈云、毛泽东、朱德六人参加

---

[1]　伍修权：《山沟沟里出马列主义》，载邓力群主编《伟人毛泽东丛书·中外名人评说毛泽东》，中央民族大学出版社2004年1月版，第89页。

[2]　（德）奥托·布劳恩：《中国纪事》，李逵六等译，东方出版社2004年3月版，第117页。

会议，已经超过半数，符合组织原则。

关于政治局扩大会议，毛泽东曾经漫谈过，解释过——

1945年6月10日，毛泽东在中国共产党第七次全国代表大会期间关于选举问题的讲话中提到："遵义会议是一个关键，对中国革命的影响非常之大。但是，大家要知道，如果没有洛甫、王稼祥两位同志从第三次'左'倾路线分化出来，就不可能开好遵义会议。同志们把好的账放在我的名下，但绝不能忘记他们两个人。当然，遵义会议参加者还有好多别的同志，酝酿也很久，没有那些同志参加和赞成，光他们两个人也不行；但是，他们两个人是从第三次'左'倾路线分化出来的，作用很大。"[1]毛泽东说的"好多别的同志"，其中包括参加扩大会议的政治局成员之外的同志。

毛泽东在1963年主持讨论《关于国际共产主义运动总路线的建议》时说："在长征以前，在政治局里我只一票。后来我看实在不行了，我首先做了王稼祥的工作。王稼祥同意了我的观点，又通过王稼祥，做了张闻天的工作。这样，政治局开会，经常是两种意见，一边是我、王稼祥、张闻天，三票；他们那边是四票，一票是博古，一票是李德，加上另两位。每次开会，都是三票对四票，永远不能解决问题。不知开了多少会，一直是三票对四票。后来一点办法也没有

---

[1] 中共中央文献研究室编：《毛泽东文集》（第三卷），人民出版社1996年8月版，第424-425页。

了，我就说，老是三票对四票下去不行，我们扩大一下，我把拥护我们主张的下面的人找来，你们把拥护你们主张的下面的人也找来，搞个扩大会议。这样，才有了遵义会议。"①

扩大会议，这是会议的一种"开法"，其中包含毛泽东的"算法"，毛泽东的策略。此处有"真经"。

1935年1月初，红军突破乌江天险，总参谋长刘伯承指挥部队奔袭遵义。

占领遵义，召开政治局扩大会议的条件成熟了。

三四年的挫折，三四年的磨难，三四年矛盾的积累，三四年涵养的党心军心，终于造成了扭转乾坤的遵义会议。

---

① 参见《当事者的口碑——毛泽东谈遵义会议》，载1992年6月25日《社会科学报》。李清华的《往事》（新华出版社2002年5月版）第423页也记载了这段话，个别字句有差异。

# 扭转乾坤

三天的磨砻

完成遵义会议

1935年1月15日，"追剿军"总指挥何键向国民党军各路大军发出了向遵义发动全面进攻的作战命令。

"听说那天李德喝醉了，被扶上马时，东倒西歪的。"

"听说有的战士在酒池中洗脚，一洗，脚伤就好了。"

路过一块"凤追鹿酒"匾额，毛泽东听到警卫员的议论，对警卫员说："这里的酒是世界闻名的。酒池中洗脚，乱来嘛。你们去了解一下，不能违反群众纪律。"

毛泽东交代完，和张闻天一起向柏辉章公馆走去。

中国共产党中央政治局扩大会议——史称遵义会议，将在这个公馆召开。

中国革命的伟大交响乐将在这里奏响。

黔军师长柏辉章的公馆主楼是一座砖木结构、中西合璧的两层楼房。青瓦灰墙，上下两层均有回廊，廊柱上砌拱券，东、西两端有转角楼梯，屋顶保持中国传统建筑样式，窗上镶彩色玻璃。

二楼东侧长方形的客厅，满打满算27平方米，是遵义会议的会场。

出席遵义会议的有20人，都是中国革命的精英分子和核心人物——

中共中央政治局委员6人：毛泽东、张闻天（洛甫）、周恩来、朱德、陈云、秦邦宪（博古）。

中共中央政治局候补委员4人：王稼祥、刘少奇、邓发、何克全（凯丰）。

　　红军指挥员：总参谋长刘伯承、总政治部代主任李富春；一军团军团长林彪、政委聂荣臻；三军团军团长彭德怀、政委杨尚昆；五军团政委李卓然。

　　中共中央秘书长：邓小平。

　　列席会议：军事顾问李德和翻译伍修权。

　　会议从1935年1月15日开到17日，共三天。因为中央政治局和军委白天要处理战事，会议都是晚上召开的。由于忙着应对敌人对遵义的进攻，几位军事干部没有全程参加会议。

　　会议的主持人是博古。

　　会议主要议题有两个：

　　一、决定和审查黎平会议所决定的暂时以黔北为中心建立苏区根据地的问题。

　　二、检阅在反对五次"围剿"中与西征军事指挥上的经验与教训。

## 博古的"主报告"和周恩来的"副报告"

丧失根据地的最显著的例子，是在反对第五次"围剿"中丧失了江西中央根据地。这里的错误是从右倾的观点产生的。领导者们畏敌如虎，处处设防，节节防御，不敢举行本来有利的向敌人后方打去的进攻，也不敢大胆放手诱敌深入，聚而歼之，结果丧失了整个根据地。

——毛泽东

天冷，屋子里生了一个火盆。

灯光下，每一个与会者的神情都很严肃。

博古主持会议并作"主报告"。作为党的总负责人，作为指挥第五次反"围剿"的领导人，博古需要解释：这场反"围剿"为什么失败了，中央苏区如何丢掉了。

博古在"主报告"中说："由于鄂豫皖等根据地的丧失，使蒋介石能用全部兵力对中央苏区发动第五次'围剿'，国民党出动了一百万军队，五百架飞机，一千五百门火炮，敌我兵力悬殊，客观上红军处于劣势，加上敌人对苏区的长期封锁，在物资供应上我们也十分困难；而白区，党对人民群众的动员工作也都没有很好地开展起来支援苏区的反'围剿'。而对这种严峻的形势，中央估计不足，寄希望于国民党军队内部'不断高涨的反战情绪'和要求抗日救国的热情。可是当十九路军真的要和我们联手'反蒋反日'时，我又'叶公好龙'，遵从共产国际的意见，拒绝了他们。当蒋介石对中央苏区实施'竭泽而渔'的战略时，彭德怀同志曾向我建议：留七、九军团守根据地，让我和中央军委率一、三、五军团北上，与赣东北红军会合，开拓闽浙赣根据地，也就是后来红七军团组成的'红军北上抗日先遣队'走的这一条路。当时我没有同意，认为这是'脱离中央苏区根据地的冒险主义'。中华苏维埃共和国，这个'国'字在我的脑海里压得很重。昨天有人说我丢弃了中央苏区，是'卖国贼'，当时我就是怕背这个'罪名'。后来毛泽东又提出，要中央红军从兴国突围，越过罗霄山脉中段进入湖南，攻茶陵、攸县，跨过粤汉铁路，进衡山西麓的白果一带开辟根据地，可以留红七、九军团在中央苏区与敌人周旋，等敌人撤退后，主力红军再从湘中杀出，过阳明山，进南岭，返回中央苏区。我听了之后，认为这又是1929年春井冈山第三次反'围剿'时，毛泽东用过的'损人利己'的办法，我决不采纳。由于失去了这两个跳到外线作战的机会，使红军被围在中央苏区这一狭小的地盘里，为抵御敌人的步步紧逼，只得采用李德提出的：'防守反击'的阵地战，加上'短促突击'的战略战术。结果使红军遭到了不应有的很大损失，广昌也丢了。对这次战役的失败，以及造成了第五次反'围剿'的失败，我是负有不可推卸的责任的。"①

博古把第五次反"围剿"的失败归咎于国民党在数量上的绝对优势和中央苏区以外的共产党军队配合不灵。他着重讲了客观不利的一面。据翻译伍修权说，他相当客观地分析了当时的军事形势，并批评自己在军事路线上的错误。但他同时又力图为自己辩护和开脱。

与会者听着博古的报告，不满情绪在脸上流露出来。毛泽东双脚踏在火盆边上烤火，膝盖上摊个本子，随手记录博古报告的要点。陈云坐在桌子尽头不显眼的地方作记录。

军事顾问李德的处境不那么美妙。他是被通知来列席会议的，而不是像从前一样被请来参加和指导会议；会议的议题没有事先征求他的意见，更没有像从前一样得到他的批准。他到会场门口时往里一看，埋头看稿子的博古、满脸胡子的周恩来、戴着深度眼镜的张闻天、头发长长的毛泽东、躺在藤躺椅上的王稼祥等，都围坐在会场大桌子周围，只有门口处还有两个空位，显然是留给他和翻译的，而从前，他都是坐在会议桌的中间位置——"座位中的政治"，他懂。听着伍修权翻译过来的博古发言，他颇为不满：博古承认第五次反"围剿"失败，这是不可接受的。直到听到博古强调反"围剿"失败的客观因素，他的眉头才稍稍舒展一些。

---

① 博古的"主报告"的详实内容，没有保留下来，这里引用的是秦福铨《博古与遵义会议》的记载。载邹贤敏、秦红主编《博古和他的时代——秦邦宪（博古）研究论集》（下册），当代中国出版社2016年1月版，第641页。

博古作"主报告"之后，周恩来作"副报告"。

丢了苏区，血染湘江，周恩来作为"最高三人团"成员之一，他对失败负有责任。这些天，周恩来不但要准备会议的报告，还打了好多电话，布置遵义的警戒。他身体不好，带病工作，警卫员几次劝他休息，他总是说，明天要开会了，敌人包围上来怎么办？不布置行吗？

周恩来在发言中坦率地承认第五次反"围剿"失利的主要原因是军事领导上战略战术的错误。他在报告中详细分析了第五次反"围剿"失败、离开中央根据地的原因，重点指出了主观因素上的错误；在对李德、博古进行了不点名的批评的同时，对自己在军事指挥上的错误进行了诚恳的自我批评，主动承担责任。他坦诚地说，自己在政治上和军事上都犯有错误，特别是在瑞金被围困的最后几个月中，他同意过以堡垒对堡垒的作战计划①。周恩来神情严肃地讲了四五十分钟，最后说："我对这些错误负有责任，欢迎大家批评。"

"主报告"与"副报告"最为明显的区别是：博古强调的是"敌人力量的过分强大"，虽然涉及了自己"军事指挥上的一些错误"，但是开脱和辩解的成分很大，最后的结论是战略上是正确的，错误是执行中的错误；周恩来的报告强调的是"军事领导的战略战术的错误"，自己主动承担在军

---

① 周恩来的"副报告"的详实内容，没有保留下来，这里引用的是《万水千山只等闲》的记载。载郭晨《万水千山只等闲》，军事科学出版社1993年11月版，第193－194页。

事指挥上的错误和责任。

李德听着翻译过来的周恩来的报告，白皙的皮肤上一阵红一阵白。李德嗅出了周恩来的报告与博古的不同："博古把重点放在客观因素上，周恩来则放在主观因素上，而且他已经明显地把他自己同博古和我划清了界限。这就给毛提供了他所希望的借口，把他的攻击矛头集中在我们两人身上，让到会的多数人起来反对我们……"他内心哀叹，"周恩来公开地倒向毛泽东。"①

周恩来的"副报告"扭转了会场形势。他"检讨失败"的做法，将会议"讨论失败"的议题引向深入。

与会的杨尚昆说，周恩来"出以公心，不计较个人得失的这种正确态度，我觉得对扭转会议形势也起到了关键性的作用。如果没有他站出来，会议要取得这样大的成功是不容易的"②。

遵义会议后，毛泽东肯定了周恩来对会议的贡献，他对红一师师长李聚奎说："这个会议开得很好，解决了军委的领导问题。这次会议所以开得很好，恩来同志起了重要作用。"③

---

① （德）奥托·布劳恩：《中国纪事》，李逵六等译，东方出版社2004年3月版，第121、128页。

② 杨尚昆：《杨尚昆回忆录》，中央文献出版社2007年7月版，第117页。

③ 李聚奎：《遵义会议前后》，载《星火燎原》（第2集），解放军出版社1986年8月版，第53页。

## 张闻天的"反报告"

遵义会议上他作反报告。

——毛泽东

防空号突然嘟嘟响了起来。刘伯承立即离开会场,闪身走进夜色中。过了一会儿,他返回来对大家说,高射机枪阵地的一个小鬼,把一只猫头鹰当成了敌人的飞机,吹响了防空号……

会议接着进行。周恩来作完报告之后,毛泽东说:"洛甫同志有材料,要念一念。"

张闻天发出了遵义会议的"第一发重炮"。

他的矛头直指博古和李德。他说,"博古同志的报告基本上是不正确的","博古同志在他的报告中过分估计了客观的困难,把第五次'围剿'不能在中央苏区粉碎的原因归罪于帝国主义、国民党反动力量的强大,同时对于目前的革命形势却又估计不足,这必然会得出客观上第五次'围剿'根本不能粉碎的机会主义的结论"。

张闻天像剥笋一般一层一层地阐述博古的报告为什么是"机会主义"的。据与会者回忆,洛甫报告的主要精神后来写进由他起草的《中共中央关于反对敌人五次"围剿"的总结的决议》，其中有这样几段话：

"由于对堡垒主义的恐惧所产生的单纯防御路线与华夫（按：'华夫'是李德的代称）同志的短促突击理论，却使我们从运动战转变到阵地战，而这种阵地战的方式仅对于敌人有利，而对于现时工农红军是极端不利的。

"我们突围的行动，在华夫同志等的心目中，基本上不是坚决的与战斗的，而是一种惊惶失措的逃跑的以及搬家式的行动。

"××同志特别是华夫同志的领导方式是极端的恶劣。军委的一切工作为华夫同志个人所包办，把军委的集体领导完全取消，惩办主义有了极大的发展，自我批评丝毫没有，对军事上一切不同意见，不但完全忽视，而且采取各种压制的方法，下层指挥员的机断专行和创造性是被抹杀了。

"××同志在这方面的严重错误，他代表中央领导军委工作，他对于华夫同志在作战指挥上所犯的路线上的错误以及军委内部不经常的现象，不但没有及时的去纠正，而且积极拥护助长了这种错误的发展。政治局扩大会认为××同志在这一方面应该负主要的责任。"①

①　以上内容节选自《中共中央关于反对敌人五次"围剿"的总结的决议》（一九三五年二月八日中央政治局会议通过），载中共中央文献研究室、中央档案馆编《建党以来重要文献选编（一九二一——一九四九）》（第十二册），中央文献出版社2011年6月版，第49、54、60、63、63-64页。

　　张闻天在党内是博古、周恩来之后的第三号人物。他一个多小时的报告，火药味浓，震惊了会场，与会者积压多时的对博古、李德的不满，公开化和尖锐化了。

　　有史料显示，毛泽东、张闻天、王稼祥在遵义会议召开之前，就谁在会议上主要发言，以及发言的内容讨论了很久。三个人讨论的最后结果是：由张闻天首先发言。原因是，中央书记处的名单顺序是博古、张闻天、周恩来和项英……张闻天是政治局委员、书记处书记，他在党内的地位虽然略低于博古，但他的学识和影响实际上超过博古，他与博古同样受到共产国际的信任，由他带头来发言，有一定的权威性和说服力[①]；同时，即使将来共产国际"过问"这次会议，以张闻天的资历，也完全可以抵挡可能出现的质疑。与会的杨尚昆说，张闻天的这个报告"是毛泽东、张闻天、王稼祥三位同志的集体创作而以毛泽东同志的思想为主导的"[②]。

　　通过伍修权的翻译，李德终于确定了一个他不愿面对的现实：从莫斯科回来的"国际派"人物张闻天，也完全站在了马列主义"异教徒"毛泽东的一边。李德十分丧气。

---

① 伍修权：《回顾革命史 难忘毛泽东》，载《缅怀毛泽东》编辑组编《缅怀毛泽东》（下），中央文献出版社1993年12月版，第62页。

② 杨尚昆：《坚持真理 竭忠尽智——缅怀张闻天同志》（1985年6月9日），《人民日报》1985年8月9日，第1版。

　　毛泽东、周恩来把张闻天的发言称为"反报告"[①]。

　　"反报告"，是一个入木三分的说法。这个定性，说出了张闻天的报告是与博古的报告相反的报告，是一篇向错误军事路线"造反"的报告。

---

① 1960年7月，周恩来在一次讲话中提到张闻天在遵义会议上的讲话，毛泽东插话说："遵义会议上他作反报告。"周恩来接过毛泽东的话说："博古作报告，他（指张闻天）作反报告。"载郭晨《万水千山只等闲》，军事科学出版社1993年11月版，第199页。

# 毛泽东的"定性报告"

不懂得中国革命战争的特点，不从中国革命战争的实际情况出发，实行错误的军事指挥，只知道纸上谈兵，不考虑战士要走路，也要吃饭，也要睡觉；也不考虑行军走的是什么路，是山地、平原还是河道，只知道在地图上一划，限定时间打，当然打不好。

——毛泽东

张闻天发言之后，毛泽东作了长篇发言。

毛泽东说，导致第五次反"围剿"失败和大转移严重损失的原因，主要是军事上的单纯防御路线，表现为进攻时的冒险主义，防御时的保守主义，突围时的逃跑主义[①]。

毛泽东的发言是一个"定调报告"。李德的翻译伍修权说："张闻天发言之后，毛泽东才发表了自己的意见，看来是对张闻天发言的补充和发挥，实际却是作了归纳概括和结论定性。"[②]

这是一篇檄文。

---

[①] 中共中央文献研究室编：《毛泽东传》（一），中央文献出版社2011年1月版，第346页。

[②] 伍修权：《回顾革命史 难忘毛泽东》，载《缅怀毛泽东》编辑组编《缅怀毛泽东》（下），中央文献出版社1993年12月版，第62页。

　　毛泽东首先把博古的"主报告"归纳了一下，认为博古刚才的讲话是在替自己的错误作辩护。毛泽东结合第一到第四次反"围剿"在敌强我弱的情况下取得胜利的事实，批驳了博古用敌强我弱等客观因素为借口来为第五次反"围剿"失败作辩护。

　　周恩来回忆毛泽东在遵义会议上的长篇发言时说："毛主席的办法是采取逐步的改正，先从军事路线解决，批判了反五次'围剿'以来的作战的错误：开始是冒险主义，然后是保守主义，然后是逃跑主义。这样就容易说服人。其他问题暂时不争论……很多人一下子就接受了。"①

　　毛泽东在遵义会议上的讲话，至今没有发现全文。中共中央文献研究室编撰的《毛泽东传》说，"遵照会议的决定，洛甫根据毛泽东的发言内容起草了《中央关于反对敌人五次'围剿'的总结的决议》"②。李德在《中国纪事》中说，遵义政治局扩大会议的决议，"实际上这是经过编者加工的毛泽东的讲话"。陈云在1977年回忆说，毛泽东讲话的内容"就是《中国革命战争的战略问题》"。这些说法综合起来就是说，毛泽东在遵义会议上的讲话内容，都被写进

---

① 周恩来：《党的历史教训（节录）》（一九七二年六月十日），载中共中央党史资料征集委员会、中央档案馆编《遵义会议文献》，人民出版社2009年7月版，第72页。

② 中共中央文献研究室编：《毛泽东传》（一），中央文献出版社2011年1月版，第347页。

了张闻天代表中央起草的《中央关于反对敌人五次"围剿"的总结的决议》和毛泽东的《中国革命战争的战略问题》（1936年12月）中。

的确，在《中国革命战争的战略问题》①中可以看到毛泽东在遵义会议讲话中表达的思想和言语——

"中国内战的特点，是'围剿'和反'围剿'的长期地反复和攻防两种战斗形式的长期地反复。""一九三一年至一九三四年的'左'倾机会主义，也不相信'围剿'反复这一规律"，"这个'左'倾机会主义，种下了……江西中央区反对第五次'围剿'斗争中的错误路线的根苗，使红军在敌人的严重的'围剿'面前不得不处于无能的地位，给了中国革命以很大损失"。"一九三二年进攻中心城市的军事冒险主义，正是后来在对付敌人第五次'围剿'中采取消极防御路线的根源。""反'游击主义'的空气，统治了整整的三个年头。其第一阶段是军事冒险主义，第二阶段转到军事保守主义，最后，第三阶段，变成了逃跑主义。"

毛泽东说："'游击主义'的东西是应该全部抛弃的了。新的原则是'完全马克思主义'的，过去的东西是游击队在山里产生的，而山里是没有马克思主义的。新原则和这相反：'以一当十，以十当百，勇猛果敢，乘胜直追'，

---

① 以下内容引自《毛泽东选集》（第一卷），人民出版社1991年6月版，第194、195、198、205、206、211、221、220、229页。

'全线出击'，'夺取中心城市'，'两个拳头打人'。敌人进攻时，对付的办法是'御敌于国门之外'，'先发制人'，'不打烂坛坛罐罐'，'不丧失寸土'，'六路分兵'；是'革命道路和殖民地道路的决战'；是短促突击，是堡垒战，是消耗战，是'持久战'；是大后方主义，是绝对的集中指挥；最后，则是大规模搬家。并且谁不承认这些，就给以惩办，加之以机会主义的头衔，如此等等。

"主张'御敌于国门之外'的人们，反对战略退却，理由是退却丧失土地，危害人民（所谓'打烂坛坛罐罐'），对外也产生不良影响。在第五次反'围剿'中，则谓我退一步，敌之堡垒推进一步，根据地日蹙而无法恢复。

"第五次反'围剿'时全不知初战关系之大，震惊于黎川一城之失，从挽救的企图出发，北上就敌，于洵口不预期遭遇战胜利（消灭敌一个师）之后，却不把此战看作第一战，不看此战所必然引起的变化，而贸然进攻不可必胜的硝石。开脚一步就丧失了主动权，真是最蠢最坏的打法。

"第五次'围剿'，敌以堡垒主义的新战略前进，首先占领了黎川。我却企图恢复黎川，御敌于根据地之外，去打黎川以北敌之巩固阵地兼是白区之硝石。一战不胜，又打其东南之资溪桥，也是敌之巩固阵地和白区，又不胜。尔后辗转寻战于敌之主力和堡垒之间，完全陷入被动地位。终第五次反'围剿'战争一年之久，绝无自主活跃之概。最后不得不退出江西根据地。

　　"统治着第五次反'围剿'时期的所谓'正规战争'的战略方针，否认这种流动性，反对所谓'游击主义'。反对流动的同志们要装作一个大国家的统治者来办事，结果是得到了一个异乎寻常的大流动——二万五千华里的长征。"

　　毛泽东批评李德不懂得中国革命战争的特点，不从中国革命战争的实际情况出发，实行错误的军事指挥，"只知道纸上谈兵，不考虑战士要走路，也要吃饭，也要睡觉，也不问走的是山地、平原还是河道，只知道在略图上一划，限定时间打，当然打不好"①。

　　关于毛泽东在遵义会议发言的记述，韩素音在《周恩来和他的世纪》中也有一些记载：

　　"他（指毛泽东——作者注）批驳了博古的论点，点名批评了李德。他谴责了在瑞金推行的扩兵的方针，把所有18岁到40岁的男人都拉进了红军。结果农业受损，粮食匮乏，最后不得不撤退。在军事指挥上是完全错误的。军队被迫长征时，没有考虑到他们的安全，军需供应毫无计划。在采取军事行动之前，没有认真地去实地侦察过地形。部队损失惨重。不仅在军事策略上出现一系列错误，而且政治思想工作也被忽

---

① 　伍修权：《生死攸关的历史转折（节录）——回忆遵义会议的前前后后》（一九八二年），载中共中央党史资料征集委员会、中央档案馆编《遵义会议文献》，人民出版社2009年7月版，第122-123页。

视，结果部队士气低落，而士气和觉悟对红军恰恰是生死攸关的。轻率地招募大批没有经过训练的新兵，然后又让这些新兵汇入匆忙而无计划的撤退之中，这是非常愚蠢的……

"毛泽东着重批评的另一个重大错误是：轻率地从根据地'大搬家'，仓仓促促，考虑不周，携带成吨重的重型装备，战士们变成了一队一队的搬运工，他们必须先放下肩上的笨重东西，才能开枪射击。我们保卫了什么？缝纫机、印刷机……人们为保卫这些东西而牺牲了生命。"

"这是对'三人团'的激烈批评，其中包括周恩来。"毛泽东在结束讲话时直接面对李德，用讥讽的口吻说："李德同志，你的论点使人想起了'削足适履'这个成语。"被激怒的李德向刘伯承寻求同情："你在苏联学习过，你也是赞成建立一支正规军的。"刘伯承回答说："同志，'皮之不存，毛将焉附？'"①

毛泽东和张闻天的讲话中，都简明扼要地强调了共产国际对中国指导的正确，强调中共的政治路线正确。这是为了抓主要矛盾：在当下，首先必须解决事关生死存亡的军事问题，党的政治路线是否正确，这个问题先放一边。

毛泽东是有意回避政治路线问题的。因为一谈政治问题，就会陷入与共产国际政治路线的纷争之中，同时牵扯到

①  郭晨：《万水千山只等闲》，军事科学出版社1993年11月版，第201-202页。

张闻天、王稼祥等从苏联回来的同志，他们的思想可能打不通，问题就复杂化了。

毛泽东讲话之后，张闻天表态说："我同意毛泽东的意见，他对问题的分析是有道理的，可以说言之成理，顺理成章。他对指挥五次反'围剿'三个阶段的分析归纳，我很欣赏，指出了问题的症结所在。"① "实践证明，用马列主义解决中国革命的问题，还是毛主席行。"②

周恩来说："我完全同意毛泽东对中央所犯错误的批评，作为指挥这场战争的一个负责人，我无疑问应承担责任……我请求中央，让过去在战争中用正确的军事原则，巧妙地击退敌人进攻的人担当指挥，泽东同志无疑应回到红军的领导岗位上来。"③

毛泽东的发言高屋建瓴，富有说服力，获得了多数与会同志的赞同。

此后，红军军事指挥员们先后发言。他们全都赞同毛泽东的观点，对李德的盲目指挥怨声载道：部队损失严重；官兵思想混乱；保密工作要做，但是仗都打不赢，保密还有什

---

① 佑文编著：《史无前例的战略大转移》，人民出版社1997年6月版，第131页。

② 刘英：《生命虽逝 业绩永存——深切怀念张闻天同志》，载湖南人民出版社编《怀念张闻天同志》，湖南人民出版社1981年4月版，第5页。

③ 石仲泉、陈登才主编：《周恩来的故事》，中共党史出版社1998年5月版，第161页。

么意义？连前沿哨位放在哪里都需要请示，这样一来怎么打仗？指挥错了还不能批评，批评了就被认为是机会主义，甚至是反革命，这些帽子吓死人。

　　李德坐在那里一支接一支地抽烟，他只能硬着头皮听取大家对他的批评与批判。

## 相争为党——与会者说

没有这些同志以及其他很多同志——反"左"倾路线的一切同志，包括第三次"左"倾路线错误中的很重要的某些同志，没有他们的赞助，遵义会议的成功是不可能的。①

——毛泽东

"红军到，干人笑，打富救贫变世道。

土豪劣绅吓跑了，干人来把农会搞。

分田分地又分房，吃饭穿衣不愁了……"

遵义城里，穷人翻身后的说笑声，与中央政治局扩大会议上的"主报告""副报告""反报告""定性报告"一起，构成中国革命的"命运交响乐"。

遵义会议是在磨砻中走向成功的。

《吴越春秋》载："一夜，天生神木一双，大二十围，长五十寻，阳为文梓，阴为楩楠，巧工施校，制以规绳，雕治圆转，刻削磨砻。"共产党人也在"刻削磨砻"。

"四大报告"之间或之后，没有长篇大论，与会者的发言几乎都是简练的。这些简练的发言，宛如交响乐中的协奏

---

① 毛泽东：《第七届中央委员会的选举方针》，载中共中央文献研究室编《毛泽东文集》（第三卷），人民出版社1996年8月版，第359页。

曲和重奏曲。

王稼祥头一个表态。

王稼祥躺在藤躺椅上，还发着烧，想站起来，伤口疼得厉害，只好坐起来。他一手按住腹部的伤口，大声说："我同意毛泽东的发言，正如他所指出的那样，第五次反'围剿'战争之所以失败，我们在军事指挥上犯了严重错误。不能归咎于客观，客观原因有一点，但不是主要的……"他掷地有声地说，"我认为，李德同志不适宜再领导军事了，应该撤销他军事上的指挥权；毛泽东同志应该参与军事指挥。"①

毛泽东评价王稼祥说："他是有功的人。……他是教条主义中第一个站出来支持我的。遵义会议上他投了关键的一票。"②

遵义会议上并没有进行投票表决。毛泽东说"关键的一票"，是一种比喻，是政治修辞，意思是说王稼祥在提议召开遵义会议，提议把博古、李德"轰"下来等问题上起到了关键作用。对于这"关键的一票"，陈毅在中共七大会议期间是这样比喻的："楚汉之争时，韩信是一个要人。韩信归汉，则汉胜；韩信归楚，则楚胜，是个举足轻重的人物。王

---

① 吴德坤主编：《遵义会议资料汇编》，中央文献出版社2009年8月版，第129页。

② 朱仲丽：《毛主席对稼祥的评价》，载朱仲丽《王稼祥夫人朱仲丽自传三部曲》，北方妇女儿童出版社1995年2月版，第854页。

稼祥在遵义会议上就犹如韩信。"

王稼祥后来在接受美国记者斯诺采访时谦虚地说："要说我在遵义会议上第一个支持毛主席的正确主张是个功绩的话，这首先是毛主席对我的教育、启发的结果。长征开始，毛主席有病坐担架，和我同行，每当到宿营地休息时，经常在一起交谈。由于我对毛主席丰富的武装斗争经验，和一、二、三次反'围剿'取得的伟大胜利十分敬佩，所以，我向毛主席坦率地表示了对当前形势的忧虑，认为这样下去不行，应该把博古、李德'轰'下台。毛主席很赞同我的看法，并针对现实情况，谈了中国的革命不能靠外国人，不能照搬别国经验、别国模式，马列主义的普遍真理，必须同中国的革命实践相结合的道理，给了我很大的启示，也使我更加坚定了支持毛主席的决心。"①

红军总司令朱德的发言带着"兵气"。

他说："有什么本钱就打什么仗，没有本钱打什么洋仗？"②这是对"洋顾问"李德的批评。朱德曾是赫赫有名的滇军旅长，在护国讨袁战争中屡立战功，闻名遐迩。在十月革命和五四运动的影响下，他抛官弃禄，远涉重洋，义

---

① 郭晨：《万水千山只等闲》，军事科学出版社1993年11月版，第81、92-93页。

② 伍修权：《生死攸关的历史转折——回忆遵义会议的前前后后》，《星火燎原》季刊，1982年第1期。

无反顾地踏上探寻救国救民真理的道路，经周恩来介绍加入了中国共产党。1927年8月，领导了震撼全国的南昌起义，打响了武装反抗国民党反动统治的第一枪。从井冈山开始，"朱毛"是红军的代称。朱毛长期一起战斗，朱德从无数成功的经验和失败的教训中进一步认识到毛泽东深谋远虑，高人一筹。

"丢掉根据地，牺牲了多少人命！"①朱德气愤地说着。说到这里，历来谦虚稳重的朱德说了一句震惊满场的话："如果继续这样的领导，我们就不能再跟着走下去！"②

这是最关键时刻最关键的话。这是朱德一生说过最令人震惊的一句话。一向沉稳的朱德，以一言九鼎的重言，表明对毛泽东的支持，对博古、李德的否定。这一句大实话也道出了一个历史规律：谁也不愿意追随老打败仗的领导。老打败仗，谁还跟他走！想当年，红四军发生领导权之争，当中央认定毛泽东比较正确时，他无条件服从，保证了古田会议的胜利召开；他和毛泽东一起把"朱毛"红军打造成为一支具有强大战斗力的部队。可是在错误领导的领导下，部队老是打败仗。朱德私下里曾说："现在一方面军是不能打仗了，它过去曾是一个巨人，现在全身的肉都掉完了，只剩下

---

① 伍修权：《生死攸关的历史转折——回忆遵义会议的前前后后》，《星火燎原》季刊，1982年第1期。

② 伍修权：《伍修权回忆录》，中国青年出版社2009年7月版，第88页。

一副骨头。"①他太气愤了。

战争年代，一场败仗下来，人头滚滚落地。跟着错误的领袖，意味着打败仗，意味着滚滚人头落地。从来没有人愿意跟着错误的领袖，去吃败仗，去流血牺牲。选择领袖，是为了选择胜利。选择正确的领袖跟他走，就是选择胜利；选择错误的领袖，就意味着选择失败。

听了朱德的话，博古下意识地回头看看，好像是要看看身后还有没有跟随他的人。

王稼祥在藤躺椅上支着身子，坚定地说："同意总司令的看法，我再重复一句，错误的领导必须改变，'三人团'得重新考虑。"②

陈云是以中央政治局委员、全国总工会党团书记的身份参加遵义会议的。红军占领遵义以后，陈云还兼任遵义警备司令部的政治委员。博古、周恩来、张闻天、毛泽东作报告时，他一直在作记录。

陈云表态：支持毛泽东。陈云是在1933年进入江西中央苏区后才认识毛泽东的。他回忆说："我在五军团时总觉得在困难中以团结为是；到黎平会议，知道毛、张、王与'独立房子'的争论内容；团溪时洛甫找我谈过一次，告诉我五

---

① 张国焘：《我的回忆》（下），东方出版社2004年3月版，第377页。
② 石永言：《纪实遵义会议》，解放军文艺出版社1991年6月版，第143页。

次'围剿'时错误中的损失。所以，遵义会议上我已经很了解了当时军事指挥之错误，（是）赞成改变军事和党的领导的一个人。"①陈云称毛泽东"非但聪敏，且有才能"，"是中国共产党的领袖人才"②。

陈云在《遵义政治局扩大会议传达提纲》中如实地记录了遵义会议精神，他写道："扩大会议指出军事上领导错误的是A、博、周三同志，而A、博两同志是要负主要责任的。"A，就是李德；博，指博古；周，是周恩来。指名道姓，革命者无私无畏，坦诚如斯。

刘少奇是以中央政治局候补委员、全国总工会委员长、中共福建省委书记的身份参加遵义会议的。长征前他主要负责白区和工运工作，长征时在中央的地位并不显赫。

刘少奇在会上发言。他要求中央全面检查四中全会以来，特别是五中全会后对白区的工作重视程度，以及在白区党的路线是否正确。刘说："我认为在白区拒绝与民族资产阶级合作，拒绝与小资产阶级联盟是'左'倾关门主义，多次指示白区的中共地下党要积极组织城市罢工、罢课、搞暴

---

① 中共中央文献研究室编：《陈云传》（上），中央文献出版社2005年6月版，第165页。

② 陈伟力等：《坚持实事求是与创造性探索的一生——纪念我们的父亲陈云》，载《亲情话陈云》编写组编《亲情话陈云》，中央文献出版社2006年4月版，第184页。

动，以支持苏区的反'围剿'，缓解苏区的战争压力，是'左'倾冒险主义。这都是'左'倾本位主义在政治路线上的错误表现。"①

听刘少奇这一番话，凯丰、博古立即回击，进行反批评。刘少奇正要反驳他们，毛泽东拦住了，他说，还是集中力量检讨军事路线。

伍修权回忆说："在遵义会议以前，还曾经有人提出，当时的军事路线是错误的，政治路线同样有着严重问题，也应该加以检查批判和纠正。毛泽东不仅马上劝阻别人这样做，而且在自己的发言和最后的决议中，特意加上了'政治路线无疑是正确的'之类的话。他这一着也是十分高明的。因为当时的政治路线不仅是中央的既定方针，也是得到共产国际批准和支持的。如果轻易批评甚至否定其政治路线，不仅牵动太大，并且将失去许多人的理解和支持，连一直受共产国际和王明、博古信任的张闻天、王稼祥也可能会难以接受和转不过弯来。所以在遵义会议前和会议上，毛泽东一开始就绕开了政治路线问题，只集中力量解决了当时最迫切的军事路线问题。直到中共'七大'前夕延安整风时，共产国际已宣告解散，王明失去了后台，其政治主张也被批判否定

---

① 秦福铨：《博古与遵义会议》，载邹贤敏、秦红主编《博古和他的时代——秦邦宪（博古）研究论集》（下册），当代中国出版社2016年1月版，第642页。

了，毛泽东在全党全军的地位得到了确认并日益巩固，这才对遵义会议以前那一段的政治路线，作出了是'左'倾机会主义错误的结论。毛泽东为此等了将近十年。"①

刘少奇提出了四中全会以来，尤其是五中全会以后在白区党的政治路线是否正确的问题。毛泽东后来评价说："在那个时候这是很宝贵的。"②邓小平说："一九三五年一月，在决定中国革命命运的遵义会议上，刘少奇同志坚定地支持了毛泽东同志所代表的正确路线。"③

邓发表态，拥护毛泽东等人的正确主张。

邓发是中央政治局候补委员，国家政治保卫局局长。李德就是他负责接到苏区的。他是一位忠诚而干练的革命者，在中央苏区时也犯过"左"倾错误。长征开始后，邓发在中央纵队当政委，同时负责为中央领导安排住宿。每到一地，他先巡视一番中央纵队打前站号下的房子，然后根据职务的高低相应地安排房子。湘江战役之前，宿营地最好的房子一般安排给李德、博古。从黎平开始，周恩来住最好的房子，毛泽东住的房子也越来越好。到了遵义，毛泽东住进了最好

① 伍修权：《回顾革命史 难忘毛泽东》，载《缅怀毛泽东》编辑组《缅怀毛泽东》（下），中央文献出版社1993年12月版，第64页。

② 张素华、张鸣主编：《领袖毛泽东·自述历程》（第一卷），中央文献出版社2003年12月版，第269页。

③ 《邓小平副主席致悼词》，《人民日报》1980年5月18日，第2版。

的房子。邓发对长征之后党内争论和人事沉浮了然于心。与会的杨尚昆说："遵义会议上，邓发同志是站在毛主席这一边的。"[1]

彭德怀是带着一身硝烟来参加遵义会议的。他和杨尚昆驻守在乌江北岸刀靶水的尚嵇镇，离遵义有20多公里，是骑马赶来的，晚到了半天。这是彭德怀第一次参加中央政治局的会议。彭德怀作为军事指挥员，对第五次反"围剿"中"左"倾冒险主义的危害有着深切的感受。在军事指挥上，他同李德发生过多次激烈的争论，曾经说李德"崽卖爷田心不痛"。

会上，彭德怀发言批评"左"倾领导者和李德在军事指挥上的错误，拥护毛泽东的正确主张。彭德怀回忆遵义会议说："我慢慢理解到，除了军事指挥的错误，加上他们推行的那种过火斗争，打击别人，抬高自己，打着国际路线旗号，冒称布尔什维克化，都是贯彻了四中全会这条完全错误的路线。""一九三五年一月我第一次参加中央的会议——遵义会议。这次会议是在毛主席主持下进行的，清算了反第五次'围剿'以来错误的军事路线。我没有等会开完，大概开了一半就走了。因为三军团第六师摆在遵义以南之刀靶

---

[1] 杨尚昆：《忆邓发》，载吴德坤主编《遵义会议资料汇编》，中央文献出版社2009年8月版，第121页。

水，沿乌江警戒，遭蒋介石吴奇伟军的进攻，我即离席赶回前线指挥战斗去了。"①

彭德怀正参加遵义会议，接到红三军团六师的报告，在遵义城南刀靶水、乌江沿岸执行警戒任务的六师突然遭到国民党中央军吴奇伟部的袭击和轰炸，形势紧迫。彭德怀立即赶回指挥部，指挥战斗，保卫遵义会议继续进行。

刘伯承参加了会议。他说："五次战争，诚如毛泽东所分析，我们在军事上犯了严重错误，我同意大家的意见，不再重复了。这些错误，其实过去不是没有发现，但谁敢提？提了就被说成是对战争的动摇，就是机会主义，前途就是反革命。这顶帽子吓死人啊。"②

刘伯承和李德毕业于同一所学院——苏联伏龙芝军事学院。在中央苏区第五次反"围剿"中，刘伯承反对李德的瞎指挥，被撤销了红军总参谋长的职务，贬到红五军团担任参谋长。湘江战役后，他重新担任红军总参谋长，并兼任军委纵队司令员。

聂荣臻因为脚伤，是坐担架来参加会议的。支持博古的凯丰，在会议前和会议中间几次找聂荣臻谈话，要他在会上发言支持博古。聂荣臻没有答应。凯丰对博古说："聂荣臻

---

① 彭德怀：《彭德怀自述》，人民出版社1981年12月版，第192、195页。
② 郭晨：《万水千山只等闲》，军事科学出版社1993年11月版，第208页。

这个人真顽固！"①聂荣臻在会上，以一位前线指挥员的身份批评李德的瞎指挥。他说，李德"对部队一个军事哨应放在什么位置，一门迫击炮放在什么位置——这一类连我们军团指挥员一般都不过问的事，他都横加干涉"②。这不是瞎指挥，是什么？

刘伯承、聂荣臻提出建议，红军打过长江去，到川西北去建立根据地。会议根据新的战争形势，接受了他们的建议。

李富春长征时担任红军总政治部代主任。他在会议上作了批判"左"倾军事路线、支持毛泽东出来领导的发言。

伍修权回忆说："会上的其他发言，我印象中比较深的是李富春和聂荣臻。他们对李德那一套很不满，对'左'倾军事错误的批判很严厉"，"他们都是积极支持毛泽东同志的正确意见的"③。

杨尚昆以红三军团政委的身份参加了遵义会议，他和彭德怀晚到了半天。

杨尚昆作了批判"左"倾军事路线、支持毛泽东出来领

---

① 聂荣臻：《打开遵义，中央召开政治局扩大会议》（一九八三年），载中共中央党史资料征集委员会、中央档案馆编《遵义会议文献》，人民出版社2009年7月版，第105页。

② 聂荣臻：《打开遵义，中央召开政治局扩大会议》（一九八三年），载中共中央党史资料征集委员会、中央档案馆编《遵义会议文献》，人民出版社2009年7月版，第106页。

③ 伍修权：《回忆与怀念》，中共中央党校出版社1991年5月版，第123页。

导的发言。他回忆说："我是1934年1月到三军团的，过去没有学习过军事，到军队工作时间不长，又没有参加毛主席领导下的第一、二、三次反'围剿'战争。但是，在遵义会议上，在两条军事路线的强烈对比中，我深刻体会到以毛主席为代表的军事路线的英明正确。对我来说，参加遵义会议是上了极好的一课。"①

林彪浓眉如刀，一身硝烟。从井冈山开始，他一直是毛泽东手下的一位战将。他在会议上讲些什么？美国著名记者索尔兹伯里在《长征——前所未闻的故事》中说："有些人记得，林彪在会上支持毛泽东主张解除博古和李德职务的建议。据说，在湘江战役和第一军团遭受损失之后，林彪就开始公开批评这两个人了。临到会，他讲了很多意见，对他们表示了很大的敌意。"

红五军团政委李卓然赶到遵义时，会议已经开始。他14日零时收到周恩来让他到遵义参加政治局会议的电报②。从驻守的桐梓县出发，翻过娄山关，尽管马不停蹄，还是耽误了一天的会。他穿着草鞋，打着绑腿，风尘仆仆地去见毛泽东。

李卓然回忆说："毛泽东在他的卧室接见了我，他正患

---

① 杨尚昆：《杨尚昆回忆录》，中央文献出版社2007年7月版，第118页。

② 1935年1月13日24时，周恩来致电李卓然、刘少奇："卓然、少奇：十五日开政治局会议，你们应于明十四日赶来遵义城。"这是迄今为止发现的唯一一份中央通知召开遵义会议的电文，也是确定遵义会议召开时间的一个重要证据。

感冒，头上缠着一条手巾，尽管在病中，但他仍然专注地听我汇报。当我谈到部队已是怨声载道时，他笑说：'怨声载道啰，对领导不满意啦？'我说：'是的。'他又说：'那你明天在会议上讲一讲，好不好？'毛泽东同志肯定了我反映的情况很重要，并要我在会议上发个言。"[1]

　　晚上，李卓然参加会议，他发言说："我来迟了，没听到博古和周恩来的报告。今天听了一些同志发言，如朱总司令讲得好，突围出来的军事战略很成问题，一路畏敌逃跑，我们五军团担任全军后卫，牺牲极惨，三十四师为掩护中央过江，几乎全军覆没，有几个人生还？挑子、辎重一大摊，我们走在后面十分困难，一天走不上一二里地，老挨敌人袭击，下面怨声载道……"[2]李卓然用实例批判了错误军事路线造成的恶果，反映五军团指战员要求改变领导的呼声。

　　邓小平是以中共中央秘书长的身份参加会议的。会议中，他埋头作记录。他清楚地记得，1927年的八七会议在武汉召开，那一年他23岁，也是负责会议的记录。那是他第一次见到毛泽东。毛泽东的名言"政权是从枪杆子中取得的"——后来概括为"枪杆子里面出政权"——就是他记录

---

① 吴德坤主编：《遵义会议资料汇编》，中央文献出版社2009年8月版，第132页。

② 周国珍：《红军长征中的李卓然》，载中共中央党史研究室、中央档案馆编《中共党史资料（第100辑）》，中共党史出版社2006年12月版，第156-157页。

下来的。

邓小平于1931年到达中央苏区，不久被列入"罗明路线"的代表人物，被撤销了江西省委宣传部部长的职务。他是毛泽东的支持者。他目睹了中国共产党如何在历史曲折中选择了毛泽东。

邓小平是否参加遵义会议，曾经有过争议。

1958年11月，担任中共中央总书记的邓小平在中共中央办公厅主任杨尚昆的陪同下参观遵义会议纪念馆。他穿过陈列室，踏上窄小的楼梯，走进开会的房间里。邓小平看到房间依旧是当年摆设的样子，立刻想起了当年开会时的情景，他说："会议室找对了，我就坐在那个角里。"①

1984年10月26日，杨尚昆答美国著名记者哈里森·索尔兹伯里就邓小平参加遵义会议时任职的提问时说："50年代末60年代初，我到遵义，遵义的同志问都是哪些人参加了遵义会议，我一一作了回答。他们又问邓小平同志是否参加了，我说好像不记得他参加了。回到北京，我问周总理，总理说小平同志参加了。当时担任会议记录，他是党中央秘书长。"②

---

① 中共中央文献研究室编：《邓小平年谱（1904—1974）》（下），中央文献出版社2009年12月版，第1467页。

② 刘全四主编：《邓小平的历程》（修订本），人民出版社2014年8月版，第125页。

20世纪70年代，邓小平在闲谈中说到自己是否参加了遵义会议。邓小平不无感慨地说："遵义会议，我参加了就是参加了，没有参加就是没有参加。我一生的历史……不因没有参加遵义会议硬说参加了，来增添一份光荣……"[1]

---

[1] 刘全四主编：《邓小平的历程》（修订本），人民出版社2014年8月版，第125页。

## 凯丰讥讽毛泽东

遵义会议时，凯丰说我打仗的方法不高明，是照着两本书去打的，一本是《三国演义》，另一本是《孙子兵法》。

——毛泽东

凯丰是遵义会议主旋律中"不和谐"的声部。

相争为党。凯丰站队，站在博古和李德一边。"扩大会议"嘛，博古也可以提出让一些支持自己的观点的同志参加会议，无奈在队伍中几乎找不到这样的人。凯丰曾经想把聂荣臻拉过来，但聂荣臻不为所动。凯丰只能单枪匹马，"舌战群雄"。

凯丰原名何克全，1927年3月加入共青团，曾赴莫斯科中山大学学习。1930年回国，由博古介绍转为中国共产党党员。1931年任共青团两广省委书记，在1934年1月召开的六届五中全会上，被增补为中央委员、中央政治局候补委员。

凯丰发言，发出了不同的声音。他不同意张闻天的报告，认为不能因为军事上的部分战略战术有错误，就否定党的领导人和领导体制。他说，近两年的实践证明，集权领导要比分权领导、各自为政好得多，适合中国国情、适合无产阶级一党执政，是一种比较好的领导体制，不应该反对。洛甫（张闻天）同志说党军分开，这是严重的分裂主义，其实质就是让军队独立于党的领导之外，这是十分错误的，不能以反对"左"倾本位主义为借口，实行右倾本位主义。

凯丰支持博古，同情李德。他说："博古同志在第五次反'围剿'上打了败仗，是有错误，但不能说总的政治路线也都错了。四中全会以来，博古同志始终忠实地贯彻执行共产国际的历次重要指示，从不打折扣，如果说这是'左'倾本位主义的政治路线，那这个意见应该向共产国际执行局反映，请季米特洛夫同志回答。临时中央成立以来，苏区根据地是发展了还是缩小了，这是有目共睹的。我们还建立了苏维埃共和国，三大苏区的红军和地方武装发展到了四五十万。经过查田运动，苏区的土地革命得到了巩固，人民群众踊跃参军，中央苏区扩充红军近十万人。我们还派出了北上抗日先遣队，在全国扩大了抗日的号召，等等，难道说这些都是路线错误吗？难道因为未能粉碎蒋介石的第五次'围剿'，就把党中央领导全党奋斗得来的功绩全盘抹杀掉吗？再说军委工作具体是周恩来同志与李德同志负责的，周、李二人长期不和，这是大家都心知肚明的。李德是德国人，来参加中国革命，没有一己私利，这是国际主义精神，作为中国共产党人，与共产国际友人共事应该谦忍，对李德的缺点应该善意帮助，不应一棍子打死。更不应该把全部过错都记在博古和李德身上，这不公正。"①

凯丰总结说，第五次"围剿"是蒋介石亲自指挥，又有德国顾问，又有一百万大军……他认为，第五次反"围剿"的失败不是由于战略方针和军事指挥的错误。

会议的最后，周恩来总结说："我完全同意同志们对党中央所犯错误的批评，对第五次反'围剿'的失败，我作为指挥这场战争的一个负责人，毫无疑问的要承担责任。免去导致失败的指挥员，以获得胜利的指挥员取而代之，这是自然而然的事情，我请求中央撤换我的职务，让过去在战争中用正确的军事原则，巧妙地击退敌人的人来接替。我决心把军事指挥权交还给党，让党来重新安排。泽东同志无疑应该回到野战军的领导岗位上来，我请求中央考虑。"②

李德、博古被周恩来的讲话惊呆了，其他的与会者则热烈鼓掌表示赞同。

毛泽东深吸一口烟，又吐出来。他说："不行。我身体不好，有病。"③他的确有病，但他的推辞更多的是出于讲究

---

① 秦福铨：《博古与遵义会议》，载邹贤敏、秦红主编《博古和他的时代——秦邦宪（博古）研究论集》（下册），当代中国出版社2016年1月版，第643页。

② 秦福铨：《博古与遵义会议》，载邹贤敏、秦红主编《博古和他的时代——秦邦宪（博古）研究论集》（下册），当代中国出版社2016年1月版，第643页。

③ 杨尚昆：《杨尚昆回忆录》，中央文献出版社2007年7月版，第118页。

策略，是团结同志，是不要虚名而担当实责。

王稼祥直截了当地提出："应该撤换造成战争失败、已被实践证明不称职的军事指挥者，改由既了解实际情况又有丰富斗争经验的同志，即毛泽东这样的人来指挥红军。"①

凯丰表示不同意见。他说："毛泽东打仗的方法并不高明，他是照着《孙子兵法》《三国演义》打仗的。"②仿佛"问难"，或者"发难"。这是一句出人意料的话语。

毛泽东一听，机敏地以反问答辩："你说《孙子兵法》，请问，《孙子兵法》共有多少篇？第一篇的题目叫什么？"③毛泽东的意思是说，你说我照着《孙子兵法》打仗，那你一定读过《孙子兵法》。

凯丰被问住了。他答不上来，因为他没有读过《孙子兵法》。

毛泽东反击说："你没读过《孙子兵法》，怎么知道我的战术是从那里来的？李德同志受过专门的军事教育，但他只知道纸上谈兵，不考虑战士要走路，也要吃饭，还要睡觉；也不问走的是山地、平原还是河道，只靠着一幅并不准

---

① 王敏玉、王兵编著：《转折与抉择——参加遵义会议的人们》，贵州人民出版社2020年1月版，第180页。

② 王健英：《民主革命时期中共历届中央领导集体述评》（下卷），中共党史出版社2007年2月版，第503页。

③ 中共中央文献研究室编：《毛泽东传（1893—1949）》，中央文献出版社2004年6月版，第354页。

确的地图瞎指挥！"

看到毛泽东与凯丰在争论，李德问伍修权："他们在吵什么？"

伍修权说："他们在说中国的一个古人。"

凯丰对毛泽东的挖苦，其实代表了一些吃过"洋面包"的革命者对毛泽东的看法。那时候，中央有人还讽刺毛泽东："把古代的《三国演义》无条件地当作现代的战术，古时的《孙子兵法》无条件地当作现代战略。"[①]

凯丰的话，刺痛了毛泽东的心。

凯丰的话题，构成一个"话语事件"。

对于遵义会议上的这一幕，毛泽东印象深刻，他一生说过许多遍。

1960年12月25日，毛泽东对身边的工作人员说："说实在的，我在山上搞了几年，比他们多了点山上的经验。他们说我一贯右倾机会主义、狭隘经验主义、枪杆子主义等等。那时我没有事情做，走路坐在担架上，做什么？我看书！他抬他的担架，我看我的书。他们又批评我，说我凭着《三国演义》和《孙子兵法》指挥打仗。其实《孙子兵法》当时我并没有看过；《三国演义》我看过几遍，但指挥打仗时，谁还记得什么《三国演义》，统统忘了。我就反问他们，既然

---

① 李锐：《李锐诗文自选集》，中国文联出版公司1999年1月版，第115页。

你们说我是按照《孙子兵法》指挥作战的，想必你们一定是熟读的了，那么请问：《孙子兵法》一共有几章？第一章开头讲的是什么？他们哑口无言。原来他们也根本没有看过！后来到陕北，我看了八本书，看了《孙子兵法》，克劳塞维茨的书看了，日本人写的军事操典也看了，还看了苏联人写的论战略、几种兵种配合作战的书等等。那时看这些，是为了写革命战争的战略问题，是为了总结革命战争的经验。"①

　　1961年3月23日，毛泽东在广州中央工作会议上讲话说："有人讲我的兵法靠两本书，一本是《三国演义》，一本是《孙子兵法》。《三国演义》我是看过的，《孙子兵法》当时我就没有看过。在遵义会议上，凯丰说：你那些东西，并不见得高明，无非是《三国演义》加《孙子兵法》。我就问他一句：你说《孙子兵法》一共有多少篇？第一篇的题目叫什么？请你讲讲。他答不出来。我说：你也没看过，你怎么晓得我就熟悉《孙子兵法》呢？凯丰他自己也没看过《孙子兵法》，却说我用的是《孙子兵法》。那时打仗，形势那么紧张，谁还管得什么孙子兵法，什么战斗条令，统统都忘记了的。打仗的时候要估计敌我形势，很快作出决策，哪个还去记起那些书呢？你们有些人不是学过四大教程吗？每次打仗都是用四大教程吗？如果那样就完全是教条主义嘛！我不是反对理论，马克思

---

① 陈晋：《毛泽东之魂》，东方出版社2014年7月版，第38-39页。

主义的原理原则非有不可……"①

1962年1月12日，毛泽东会见日本社会党顾问铃木茂三郎率领的访华代表团，他说："遵义会议时，凯丰说我打仗的方法不高明，是照着两本书去打的，一本是《三国演义》，另一本是《孙子兵法》。其实，打仗的事，怎么照书本去打？那时，这两本书，我只看过一本——《三国演义》，另一本《孙子兵法》，当时我并没看过。那个同志硬说我看过。我问他《孙子兵法》有几篇？第一篇的题目叫什么？他答不上来。其实他也没看过。从那以后，倒是逼着我翻了翻《孙子兵法》。"②

1962年，毛泽东对机要秘书高智说："在'左'倾路线统治时期，人家撤了我的职，不给我发饷，甚至不给饭吃。他们说我不会打仗，还问我看过《孙子兵法》没有。那时，我就是没有看《孙子兵法》，我是根据自己的经验，打仗中学打仗的。我当时也反过来问他们，你们看过《孙子兵法》没有？他们说也没有看过。"毛主席说着自己就笑了起来，接着他又说，"不过，从那以后我就找《孙子兵法》看了。"③

---

① 中共中央文献研究室编：《毛泽东文集》（第八卷），人民出版社1999年6月版，第263页。

② 中共中央文献研究室编：《毛泽东传》（一），中央文献出版社2011年1月版，第346—347页。

③ 高智：《在毛主席身边工作的点滴回忆》，载《西安文史资料》第17辑，陕西人民出版社1991年6月版，第308页。

毛泽东还对高智等人说："我那时候讲打游击战的十六字诀时，并没有看过《孙子兵法》。王明'左'倾领导讥讽说，十六字诀来自过时的《孙子兵法》，而反'围剿'打的是现代战争。"①

……

这些"互文性"的话语，反映了毛泽东对遵义会议"凯丰之问"这一幕无法磨灭的深刻记忆。毛泽东反复地说这件事，对身边人说，对全党同志说，对外国人说，可见当年批判他是"右倾机会主义""狭隘的经验论""枪杆子主义"对他的伤害之深。毛泽东不厌其烦地说这件事，不是把它看成个人的恩怨，而是批判"左"倾思想和教条主义，同时也示范了他是如何应对"问难"的，这更是他对革命同志防止教条主义的反复提醒。

---

① 高智、张聂尔：《机要秘书的思念》，中共中央党校出版社1993年12月版，第142页。

# 扭转乾坤的"决议"

"遵义会议是一个关键，对中国革命的影响非常之大。"① "真正懂得独立自主是从遵义会议开始的。"②

——毛泽东

"群龙弱首"，博古在遵义会议上是最难堪最难受的角色。

从张闻天的"反报告"，毛泽东的"定调报告"，到其他同志的发言，除了李德、凯丰支持他外，博古都是被批评的对象。不论他赞同还是不赞同，失败是他必须面对的事实。

博古作为党的总负责人，作为打了败仗的领导人，他在会议上面对的，既有从莫斯科回来的曾经同一条战壕如今却反戈一击的同志，又有毛泽东、朱德这样参与建党建军的资深共产党人，还有一群因"扩大会议"被"扩大"进来的云龙风虎、出生入死的"老军头"。面对自己的批评者，他表现出了革命者的气度。

博古倾听对他的批评和批判，同时他不同意对他的某些指责。他尊重大家发表意见，同时他不同意某些意见。他无

---

① 中共中央文献研究室编：《毛泽东文集》（第三卷），人民出版社1996年8月版，第424页。

② 中共中央文献研究室编：《毛泽东文集》（第八卷），人民出版社1999年6月版，第339页。

法掌控与会者的意见，同时坦率地表达自己的不同意见。

博古主持政治局扩大会议，以革命事业、党的事业大局为重，尊重集体领导，没有利用职权压制不同意见，特别是没有阻拦一个即将降临到他身上、对他十分不利的却是对中国革命十分有利的决议。他接受政治局最后作出的决议，表现出良好的民主作风和一个共产党人应有的组织观念和敢于负责的政治品格。

会议作出最后决定：

（一）毛泽东同志选为常委。

（二）指定洛甫同志起草决议，委托常委审查后，发到支部中去讨论。

（三）常委中再进行适当的分工。

（四）取消三人团，仍由最高军事首长朱周为军事指挥者，而恩来同志是党内委托的对于指挥军事上下最后决心的负责者。

扩大会中恩来同志及其他同志完全同意洛甫及毛王的提纲和意见，博古同志没有完全彻底的承认自己的错误，凯丰同志不同意毛张王的意见，A同志完全坚决的不同意对于他的批评。①

---

① 陈云：《遵义政治局扩大会议传达提纲》（一九三五年），载中共中央文献研究室、中央档案馆编《建党以来重要文献选编（一九二一——一九四九）》（第十二册），中央文献出版社2011年6月版，第120页。决定中的"A"指华夫。

字字千钧。这是改变中共的历史、中国的历史的决定。

此时，没有掌声，没有欢呼声，只有远方传来的隐隐约约的枪炮声。

遵义会议最核心的内容，陈云在《遵义政治局扩大会议传达提纲》中，用了上述一百多个字来表达。

——遵义会议，中国共产党第一次独立自主地改换自己的领导人。

中共中央磨砻如新。毛泽东是磨砻后制胜的宝剑。遵义会议是毛泽东成为中国共产党领导核心的开始。

中共中央第一个历史决议说，遵义会议"开始了以毛泽东同志为首的中央的新的领导，是中国党内最有历史意义的转变"[1]。第二个历史决议说，遵义会议"确立了毛泽东同志在红军和党中央的领导地位，使红军和党中央在极其危急的情况下保存下来"[2]。第三个历史决议说，遵义会议"事实上确立了毛泽东同志在党中央和红军的领导地位，开始确立以毛泽东同志为主要代表的马克思主义正确路线在党中央的领导地位，开始形成以毛泽东同志为核心的党的第一代中央领

---

[1]　《关于若干历史问题的决议》（一九四五年四月二十日），载《毛泽东选集》（第三卷），人民出版社1991年6月版，第969页。

[2]　《中国共产党中央委员会关于建国以来党的若干历史问题的决议》（一九八一年六月二十七日），人民出版社1981年7月版，第3页。

导集体"①。这些论断，真实不虚。

　　或许有人会对"遵义会议确立了毛泽东同志在党中央和红军的领导地位"提出疑问。毕竟，遵义会议的原始文献——《中共中央关于反对敌人五次"围剿"的总结的决议》《遵义政治局扩大会议传达提纲》等"有字之书"上，都没有明文记载说遵义会议确立了毛泽东是党和军队的领导。

　　且听历史的当事人如何说——

　　张闻天说："遵义会议在我党历史上有决定转变的意义。没有遵义会议，红军在李德、博古领导下会被打散，党中央的领导及大批干部会遭受严重的损失。遵义会议在紧急关头挽救了党，挽救了红军，这是一。第二，遵义会议改变了领导，实际上开始了以毛泽东同志为领导中心的中央的建立。第三，遵义会议克服了'左'倾机会主义，首先在革命战争的领导上。第四，教条宗派开始了政治上组织上的分裂。这个会议的功绩，当然属于毛泽东同志，我个人不过是一个配角而已。"②

　　博古说："因有遵义会议，毛主席挽救了党，挽救了军

---

①　《中共中央关于党的百年奋斗重大成就和历史经验的决议》（2021年11月11日），人民出版社2021年11月版，第6页。

②　张闻天：《从福建事变到遵义会议》（一九四三年十二月十六日），载中共中央党史资料征集委员会、中央档案馆编《遵义会议文献》，人民出版社2009年7月版，第85页。

队。教条宗派统治开始完结，基本上解决问题。"①

邓小平说："遵义会议以前，我们的党没有形成过一个成熟的党中央。从陈独秀、瞿秋白、向忠发、李立三到王明，都没有形成过有能力的中央。我们党的领导集体，是从遵义会议开始逐步形成的。"②"在一九三五年我们历史上著名的长征中召开的遵义会议上，确立了毛泽东同志在党和红军的领导。"③

邓小平见证了毛泽东在新的领导集体中发挥核心作用的一幕幕。1981年，邓小平看到《关于建国以来党的若干历史问题的决议》有关史料中写道："遵义会议实际上确立了毛泽东同志在红军和党中央的领导地位。"他说："还是把'实际上'三个字勾掉好。"他说，遵义会议以后，毛泽东同志对全党起了领导作用。那个时候行军，毛泽东同志、周恩来同志、张闻天同志和他是在一起的。每天住下来，要等各个部队的电报，一直等到深夜，再根据这些电报来确定红军的行动。在重要问题上，大多是毛泽东同志出主意，其他同志同意的。尽管名义上毛泽东同志

---

① 中共中央党史资料征集委员会：《关于遵义政治局扩大会议若干情况的调查报告》（一九八四年九月），载中共中央党史资料征集委员会、中央档案馆编《遵义会议文献》，人民出版社2009年7月版，第140页。

② 《邓小平文选》（第三卷），人民出版社1993年10月版，第309页。

③ 邓小平1980年8月21日同外宾的谈话。载吴德坤主编《遵义会议资料汇编》，中央文献出版社2009年8月版，第84页。

没有当总书记或军委主席，但实际上他对军队的指挥以及在重大问题上的决策，都为别的领导人所承认。朱德同志、周恩来同志、张闻天同志、王稼祥同志，他们这些同志确实照顾大局，确实有党性原则，只要毛泽东同志的意见是对的，都一致支持，坚决执行①。

杨尚昆说："遵义会议在整个中国革命历史中起了转捩的作用，在极端危急的情况下挽救了革命，挽救了党。如果按照原来的打法，红军在长征中很可能被消灭。它的最大的功劳是在实际上确立了毛主席在全党的领导地位。闻天同志是个书生，对'左'倾错误的认识和觉醒比博古早，但实际工作经验不足，所以，一切大事都要经过毛主席。遵义会议后，全党的领导核心实际上已是毛主席了。"②

与会者的"重叠共识"足以证明，毛泽东已经成为事实上的领导核心。这正是，"有字之书"没有书写，"无字之书"昭然天下。

毛泽东在20世纪60年代回顾说："遵义会议上有的人要我代替博古（当总书记），我说那不行，那样斯大林就不同意了。硬要这样搞，那就会弄僵了。我们在第三国际会成为

---

① 吴德坤主编：《遵义会议资料汇编》，中央文献出版社2009年8月版，第84—85页。

② 杨尚昆：《杨尚昆回忆录》，中央文献出版社2007年7月版，第119页。

不合法的了。还是要斯大林信得过的人来出头露面。实践证明，这样做是对的。实际上并不影响我的领导地位。"①

——遵义会议，是"讨论失败"的会议，是开展批评和自我批评的典范。

"吾人惟有主义之争，而无私人之争，主义之争，出于不得不争，所争者主义，非私人也。"②党无私利，党员无私求，同志之间相让为党，相争为党。伍修权回忆说："当时会议的气氛虽然很严肃，斗争很激烈，但是发言还是说理的。"③

共同的理想信仰、摆脱危机的生存期待和对未来美好世界的期望，使与会者超越个人的得失计较。大道之行，立党为公。每个人都充分表达自己的意见，每个人都认真倾听其他同志的意见。每个与会者直率表达自己的意见而不失气度。批评者与被批评者都表现出革命风度。他们，毕竟是中国共产党内最优秀的人物，毕竟抱着改造政治和改天换地的

① 王立华：《毛泽东是如何战胜逆境的？》，《世界社会主义研究》2019年第12期，第16页。

② 这是毛泽东1921年1月给彭璜信中的一段话。载中共中央文献研究室编《毛泽东年谱（一八九三——一九四九）（修订本）》（上卷），中央文献出版社2013年12月版，第79页。

③ 伍修权：《生死攸关的历史转折（节录）——回忆遵义会议的前前后后》（一九八二年），载中共中央党史资料征集委员会、中央档案馆编《遵义会议文献》，人民出版社2009年7月版，第125页。

共同信仰。

会议批评了博古的"主报告"。《中共中央关于反对敌人五次"围剿"的总结的决议》明确指出,博古的报告"基本上是不正确的"①。《遵义政治局扩大会议传达提纲》说:"政治局扩大会反对博古同志的报告。"

政治局扩大会议对李德进行了批评。"华夫同志的领导方式是极端的恶劣。军委的一切工作为华夫同志个人所包办,把军委的集体领导完全取消,惩办主义有了极大的发展,自我批评丝毫没有,对于军事上一切不同意见,不但完全忽视,而且采取各种压制的方法,下层指挥员的机断专行与创造性是被抹杀了。在转变战略战术的名义之下,把过去革命战争中许多宝贵的经验与教训,完全抛弃,并目之为游击主义,虽是军委内部大多数同志曾经不止一次提出了正确的意见,而且曾经发生过许多剧烈的争论,然而这对于华夫同志与××同志是徒然的。一切这些造成了军委内部极不经常的现象。"②这里的"华夫"指的是李德。

---

① 《中共中央关于反对敌人五次"围剿"的总结的决议》(一九三五年二月八日中央政治局会议通过),载中共中央文献研究室、中央档案馆编《建党以来重要文献选编(一九二一—一九四九)》(第十二册),中央文献出版社2011年6月版,第49页。

② 《中共中央关于反对敌人五次"围剿"的总结的决议》(一九三五年二月八日中央政治局会议通过),载中共中央文献研究室、中央档案馆编《建党以来重要文献选编(一九二一—一九四九)》(第十二册),中央文献出版社2011年6月版,第63页。

《遵义政治局扩大会议传达提纲》还通报说："扩大会中恩来同志及其他同志完全同意洛甫及毛王的提纲和意见，博古同志没有完全彻底的承认自己的错误，凯丰同志不同意毛张王的意见，A同志完全坚决的不同意对于他的批评。"[1]

如此总结失败，如此指名道姓地批评，如此坦率公布不同意见，反映了中国共产党人光明磊落的革命精神。

——遵义会议是一次讲究政治智慧和革命策略的会议。

遵义会议的议题，是经过精心选择的：该研究的都研究了，不该讨论的都没有讨论。

这次会议只解决军事问题，避开了敏感的"政治路线问题"。这是毛泽东的高明之处，深谋远虑之举。毛泽东后来说："一九三五年的遵义会议，则主要地是反对战争中的机会主义，把战争问题放在第一位，这是战争环境的反映。"[2]

张闻天说："遵义会议没有提出过去中央政治上的路线错误，而且反而肯定了它的正确，使我当时对于我自己过

---

[1] 陈云：《遵义政治局扩大会议传达提纲》（一九三五年），载中共中央文献研究室、中央档案馆编《建党以来重要文献选编（一九二一——一九四九）》（第十二册），中央文献出版社2011年6月版，第120页。

[2] 毛泽东：《战争和战略问题（节录）》（一九三八年十一月六日），载中共中央党史资料征集委员会、中央档案馆编《遵义会议文献》，人民出版社2009年7月版，第62页。

去的一套错误，还很少反省。这在毛泽东同志当时只能如此做，不然我们的联合会成为不可能，因而遵义会议不能取得胜利。为了党与革命的利益，而这个利益是高于一切的，毛泽东同志当时做了原则上的让步，承认一个不正确的路线为正确，这在当时是完全必要，完全正确的。这个例子，可以作为党内斗争一个示范来看。"①

周恩来在《党的历史教训》中论述道："遵义会议的主旨是纠正军事路线错误，因为当时是在惊涛骇浪中作战，军事路线最紧迫。""毛主席的办法是采取逐步的改正，先从军事路线解决，批判了反五次'围剿'以来的作战的错误：开始是冒险主义，然后是保守主义，然后是逃跑主义。这样就容易说服人。其他问题暂时不争论。比如'左'倾的土地政策和经济政策，肃反扩大化，攻打大城市。那些都不说，先解决军事路线，这就容易通，很多人一下子就接受了。如果当时说整个都是路线问题，有很多人暂时会要保留，反而阻碍党的前进。这是毛主席的辩证唯物主义，解决矛盾首先解决主要的矛盾，其次的放后一点嘛。""这样比较自然，便于集中力量取得胜利，减少阻力。""实际上次要矛盾跟

---

① 张闻天：《从福建事变到遵义会议》（一九四三年十二月十六日），载中共中央党史资料征集委员会、中央档案馆编《遵义会议文献》，人民出版社2009年7月版，第85—86页。

着解决了，组织路线也是勉强解决了。"①

与会的杨尚昆说："遵义会议主要解决军事路线，没有涉及政治路线问题，因为自五次反'围剿'以来，中央在军事战略战术方面的严重错误已是毋容争辩的事实；至于政治路线方面的错误，许多同志还没有认识，解决问题的时机还不成熟，而且追敌在后，关键时刻只能集中力量先解决最迫切需要解决的问题，这是十分正确的。"②

李德也不得不承认毛泽东策略的高超："他非常明智小心地不去攻击中央的政治总路线"，"会议的惟一题目是关于反对蒋介石的第五次'围剿'和长征第一阶段的总结"，"他把批判的全部火力都集中在中央红军的战略和策略上，也就是集中在纯军事问题上"③。

李德的翻译伍修权说："遵义会议的成功，表现出了毛泽东同志杰出的领导才能与政治智慧。他在会议上只批判临时中央在军事问题上的错误，没有提政治问题上的错误，相反还在决议中对这个时期的政治路线说了几句肯定的话。这是毛泽东同志的一个英明决策。在会议上，曾经有人提出批

---

① 周恩来：《党的历史教训（节录）》（一九七二年六月十日），载中共中央党史资料征集委员会、中央档案馆编《遵义会议文献》，人民出版社2009年7月版，第71-73页。

② 杨尚昆：《杨尚昆回忆录》，中央文献出版社2007年7月版，第115页。

③ （德）奥托·布劳恩：《中国纪事》，李逵六等译，东方出版社2004年3月版，第118页。

判和纠正六届四中全会以来的政治错误，毛泽东同志明智地制止了这种做法。正是这样，才团结了更多的同志，全力以赴地解决了当时最为紧迫的军事问题。"①

红三军团的黄克诚说："遵义会议上，毛泽东把问题处理得非常得体，表现了他的雄才大略和政治远见。假使遵义会议上提出解决政治路线是非问题，短时期内肯定解决不了，而当时的形势又不容许长时间争论不休，久拖不决。当时面对的主要问题是战争，军事路线问题一经解决，就可望在战争中取得胜利，挽救红军，为革命保存有生力量。另外，暂时不谈政治路线是非，只解决军事路线问题，也更便于为原在中央执行过错误路线的同志所接受，有利于党中央的团结一致。事情的发展，证明了这样做确是英明之举。后来张国焘搞分裂，党中央的全体同志形成了一个坚强的整体，团结一致同张国焘分裂主义作斗争；而张国焘则完全陷于孤立，其阴谋分裂党和红军的企图终未能得逞，使红军又一次转危为安。"②

陆定一在《关于遵义会议决议的报告》（1944年）中也专门谈到这个问题："有的同志问，党内斗争应该是有什么说什么，既然路线错了，为什么当时不提出？也有的问，

---

① 伍修权：《伍修权回忆录》，中国青年出版社2009年7月版，第90页。
② 黄克诚：《黄克诚自述》，人民出版社1994年10月版，第128—129页。

是否知道当时是路线错了？我们说，当时毛主席是懂得的，是有意识地不提出来，因为当时主要的问题是战争，自己没有根据地，处在非常危急的情况下，战争使大家明白看到性命交关的问题，路线的错误还不是为大家所了解，当时提出会使党内受到过分的震动，对当时打仗的问题并没有直接的帮助。路线并非马上要命的问题，可以慢慢讲。这样做，对于长征能够胜利，对于保卫党有很大的意义。列宁在《'左派'幼稚病》一书中说过：'在每一个个别或特殊的历史关头的政治实际问题上，重要的，只在于特别提出那些不可容许的、叛卖的、机会主义的（危害革命阶级的机会主义）妥协中间最主要的一种妥协之种种表现，并用尽全力去说明这种表现，与这种表现作斗争。'毛主席在当时掌握了这一点。以当时的环境，我们所存下的只有这部分军队，不解决政治问题并不要紧，不解决军事问题，头就没有了。毛主席这个办法是对的。"①

　　直到1941年高级干部整风时，毛泽东才着手清理政治路线问题。1941年9月10日，毛泽东作反对主观主义和宗派主义的报告，他说："过去我们的党很长时期为主观主义所统

---

① 陆定一：《关于遵义会议决议的报告》（一九四四年在延安中央党校对二、四部学员作的报告），载中共中央文献研究室、中央档案馆编《建党以来重要文献选编（一九二一——一九四九）》（第十二册），中央文献出版社2011年6月版，第68-69页。

治，立三路线和苏维埃运动后期的'左'倾机会主义都是主观主义。苏维埃运动后期的主观主义表现更严重，它的形态更完备，统治时间更长久，结果更悲惨。""遵义会议，实际上变更了一条政治路线。过去的路线在遵义会议后，在政治上、军事上、组织上都不起作用了，但在思想上主观主义的遗毒仍然存在。"①

遵义会议上，对周恩来、博古、李德的批评也讲求策略。伍修权回忆说："在遵义会议以及毛泽东和张闻天的发言中，对博古和李德的批评有着明显的不同。对李德可说毫不留情，措词十分尖锐严厉，多处直接指责了他个人。对博古则留有余地，并且对事不对人。毛泽东会下还曾向参加会议的红军将领打了招呼，让他们将博古和李德区别对待，对博古这个才20多岁的中央负责人，尽量予以爱护和照顾。毛泽东这样做，使李德完全孤立了，他对此感到十分恼火和委屈，认为许多事原来是中共中央推给他干的，现在出了问题却集中火力攻他，弄得他一肚子气无处发。但是毛泽东的处理方法实际效果很好，会议团结和争取了博古，使他冷静地听取了批评意见，开始认识并逐步改正了自己的错误。从这里我体会到了毛泽东努力缩小打击面，尽量团结大多数的策

---

① 中共中央文献研究室编：《毛泽东年谱（一八九三—一九四九）（修订本）》（中卷），中央文献出版社2013年12月版，第327页。

略思想和政治胸怀。"①

——遵义会议，是一次极大地增强党的团结和战斗力的会议。正如《决议》所说："党勇敢的揭发了这种错误，从错误中教育了自己，学习了如何更好的来领导革命战争到彻底的胜利。党揭发了这种错误之后，不是削弱了，而是加强了。……政治局扩大会更号召全党同志像一个人一样团结在中央的周围，为党中央的总路线奋斗到底，胜利必然是我们的。"②

遵义会议的争论是军事路线之争。革命者围绕如此重大问题，相争为党，立党为公，有唇枪舌剑而无刀光剑影。争论的结果是：同舟共济，增强了党和军队的团结。《遵义政治局扩大会议传达提纲》中说："扩大会议指出党内对于军事领导上错误的纠正，不是党内的分歧，相反的更加团结，使军事领导走上正确的道路，使党与军委的威信更加提高。"③

① 伍修权：《回顾革命史 难忘毛泽东》，载中央文献研究室《缅怀毛泽东》编辑组编《缅怀毛泽东》（下），中央文献出版社1993年12月版，第63页。

② 《中共中央关于反对敌人五次"围剿"的总结的决议》（一九三五年二月八日中央政治局会议通过），载中共中央文献研究室、中央档案馆编《建党以来重要文献选编（一九二一——一九四九）》（第十二册），中央文献出版社2011年6月版，第66页。

③ 陈云：《遵义政治局扩大会议传达提纲》（一九三五年），载中共中央文献研究室、中央档案馆编《建党以来重要文献选编（一九二一——一九四九）》（第十二册），中央文献出版社2011年6月版，第120页。

遵义会议上对人的处理的分寸感，把握得相当出色。对于犯错误的同志，对于持不同意见的同志，只批判他的错误，没有追究他们的责任，更没有开除谁的党籍、军籍，把人"一棒子打死"。遵义会议后，毛泽东指示要起用受王明路线打击的干部。因被当作"罗明路线"在军队的代表而被开除党籍判刑五年的萧劲光，恢复了党籍、军籍。刘少奇说："党在一九三五年的转变，基本上就是党的高级干部的多数从失败中得到了经验、提高了觉悟的结果。在这以后，党中央并没有给犯错误的同志以严重的惩办，仍然分配他们以适当的领导职务，耐心地等待和帮助他们从思想上真正地认识自己的错误。"①

在遵义会议上，革命同志拿起"批判的武器"而不是"武器的批判"，在批评和自我批评、批判与自我批判、思想观点碰撞的磨砻砥砺中达到了新的团结。新老同志之和，文人武将之和，不同意见之和，同侪之和，山沟沟里的革命者与吃过"洋面包"的革命者之和，形成强大的力量，将在后来的革命岁月里喷发，推动历史的车轮滚滚向前。

毛泽东说，遵义会议，"我们采取的方针，是帮助犯错误的同志改正错误，采取帮助的态度，所以我们团结了党的

---

① 《刘少奇选集》（下卷），人民出版社1985年12月版，第267页。

绝大多数"①。毛泽东在遵义会议后还对贺子珍说: "办什么事都要有个大多数啊! "②毛泽东后来又进一步总结说: "政治就是把朋友搞得多多的, 把敌人搞得少少的。"③揭示出自遵义会议以来, 抓好政治、抓好团结的深刻经验。

遵义会议, 是一个最接近尽善尽美之境的会议。

毛泽东评价说: "中国共产党历史上有两个重要关键的会议, 一次是一九三五年一月的遵义会议……遵义会议是一个关键, 对中国革命的影响非常之大。"④"到了遵义会议以后, 党才彻底地走上了布尔什维克化的道路……"⑤"在这之前, 老是由先生把着学生的手写字, 先生老是不放手, 学生的字总也写不好; 遵义会议后, 我们开始自己学写字了, 终于走出了自己的路。"⑥"真正懂得独立自主是从遵义会议开始的。"⑦

---

① 毛泽东1963年4月17日同外宾的谈话。载吴德坤主编《遵义会议资料汇编》, 中央文献出版社2009年8月版, 第51页。

② 王行娟: 《贺子珍的路》, 作家出版社1985年12月版, 第215页。

③ 陈晋、胡松涛: 《毛泽东文谭》, 湖南人民出版社2023年11月版, 第236页。

④ 中共中央文献研究室编: 《毛泽东文集》(第三卷), 人民出版社1996年8月版, 第424页。

⑤ 《毛泽东选集》(第二卷), 人民出版社1991年6月版, 第611-612页。

⑥ 康裕震、欧阳植梁等: 《谁主沉浮》, 中央文献出版社1993年12月版, 第282页。

⑦ 中共中央文献研究室编: 《毛泽东文集》(第八卷), 人民出版社1999年6月版, 第339页。

遵义会议结束在1月17日的深夜。

毛泽东从会场出来，步履轻盈地走在大街上。他闻见肉香，看见不远处一家羊肉粉馆里人头攒动，对警卫员说："羊肉粉是遵义的特产，吃的人不少，味道一定不错哩。"

毛泽东回到住处时，贺子珍正焦急地等待着他。这两三天，她坐卧不宁。此时，她急切地盼望知道会议的结果。

毛泽东说："子珍，你放心吧，我又有发言权啰。在苏区时，人家觉得我这个人像茅坑里的石头，又臭又硬，受了几年窝囊气。如今，大家觉得我这个菩萨又有用了，把我抬出来，选我进中央政治局常委，还协助恩来领导军事。"[1]

毛泽东这一席话还有另外一个版本。毛泽东说："大家都觉得我这个菩萨又有用了，把我抬出来，承蒙大家捧场，选我进中央政治局常委。大家看得起我老毛，认为还是有一点本事。惭愧！惭愧！进入中央领导层，滥竽充数而已。不过我也没有谦虚，国家兴亡，匹夫有责嘛！"[2]

年代久远，同一番话由不同的人回忆起来，难免有些出入。这是正常的语言现象。毛泽东这番颇有些井冈山"山大王气"的话语，说出了他的兴奋心情和革命抱负。

---

[1] 郭晨：《万水千山只等闲》，军事科学出版社1993年11月版，第213页。

[2] 李敏：《我的父亲毛泽东》，辽宁人民出版社2001年9月版，第170—171页。

会议结束后，博古一直坐在会场，一副黯然伤神的样子。警卫员小康见与会人员都走完了，只剩下博古一个人，连喊两声"博古同志"，博古才从沉思中回过神来，连声说"哦，哦"，站起身来……

## 红军的茅台轶事

这里的酒是世界闻名的。……你们也可以尝一尝，可是不能喝多了。[①]

——毛泽东

"前几天，李德的确是喝醉了，被人扶着回到住处。"

"他们说周副主席喝一瓶也不醉呢。"

"有人说红军在酒池中洗脚，没有的事。在热水中加茅台酒洗脚消肿，用茅台酒擦伤口，这是有的。"

"有人还说李德在茅台酒池里洗澡呢……都是瞎编的。"

"茅台酒都在酒缸里，哪有什么'酒池'。"

毛泽东饶有兴趣地听着。他笑着说："酒池洗澡，酒池洗脚，这是民间叙事的方法，只有夸张了，传奇了，人们才津津乐道呢。"

很快，红军与茅台酒池的故事就流传开来。张爱萍说："我红军三军团长征经过川西天全时，我和彭雪枫同志在天全图书馆内发现国民党的《申报》，报上载有红军的苏联顾问李德跳进茅台酒池中洗澡的奇闻。当时这类造谣污蔑令人

---

[①] 陈昌奉口述，赵聱整理：《跟随毛主席长征》，解放军文艺出版社1986年9月版，第167—168页。

可气又可笑。"①

"喝了茅台打胜仗!""打了胜仗喝茅台!"指战员用这样的话语表达遵义会议之后的兴奋心情。

壮军行,洗征尘,庆凯旋,茅台酒与红军有缘。红军刚到仁怀县城时,当地的老百姓就抬着肥猪和大坛茅台酒来慰劳红军。红军离开茅台镇时,带走了一些茅台酒,一直背到陕北,派上了用场。1937年底,中央政治局召开十二月会议。会议结束的那天晚上,与会代表们会餐。每个人面前放了两个盖着盖子的小搪瓷茶缸。毛泽东对王明说:"绍禹同志,你猜一猜,这里面装的是什么?不要揭开盖子,君子动口不动手!"王明想了想,微笑着说:"我猜嘛,是酒,对不对?"毛泽东说:"猜对了一半,一杯是酒,是长征的时候我们从贵州带来的茅台酒;另一杯是水,是延河的水。"停了片刻,接着说,"看来,要做出正确的判断,必须揭开盖子,看一看,闻一闻,必要时还得亲口尝一尝。"王明端起酒杯说:"泽东同志又在讲实践论了,来,大家为实践干杯!"②

流传更广的是红军在茅台酒池中洗脚的"故事"。国民党把它作为"共匪"的"罪状"进行宣传,说共产党像土匪一样无法无天,到处胡来。其实,老百姓根本不在乎"酒

---

① 栗荣:《"茅台酒传闻"》,《百年潮》2016年第2期,第38页。

② 叶子龙口述,温卫东整理:《叶子龙回忆录》,中央文献出版社2000年10月版,第59页。

池洗脚"的是非，只觉得"酒池洗脚"好玩。这件传闻传到重庆，许多人把它当作当代版的"世说新语"，听得哈哈大笑。画家沈叔羊有一天为父亲沈钧儒画了一幅画：一壶酒，几个杯子，酒壶上写着"茅台"。沈叔羊画好了，要黄炎培题字。黄炎培想起眼下流传的红军在茅台酒池里洗脚的传说，提笔在画上写了一首诗："喧传有客过茅台，酿酒池中洗脚来。是真是假我不管，天寒且饮两三杯。"这首诗突破画面的局限，不对画面进行阐释，而是借助画面言说红军在茅台酒池中洗脚的传说。它貌似游戏笔墨，实则表达了对红军的喜欢与敬佩。

这幅画不知通过什么途径传到了延安，传到了毛泽东那里。

1945年7月，黄炎培、傅斯年、章伯钧、左舜生等6位国民党参议员访问延安。他们看到，沈叔羊、黄炎培合作的那幅题诗画挂在毛泽东居住的窑洞里。

7月2日，毛泽东用茅台酒宴请黄炎培等人，周恩来、陈毅作陪。大家围着一张桌子，坐在长板凳上把酒话诗。破桌子，破凳子，比遵义会议时黔军师长柏辉章公馆的桌子、椅子差远了。陈毅说："在延安读任之先生茅台诗，十分感动，在那个艰难的年代，能为共产党人说话的空谷足音，能有几人。"陈毅提议饮酒联句，大家赞同。

毛泽东率先吟道："延安重逢喝茅台。"

周恩来接着吟曰："为有嘉宾陕北来。"

黄炎培把自己从前的诗句拿来："是假是真我不管。"

陈毅也顺口用了黄炎培的诗句："天寒且饮两三杯。"

毛泽东见陈毅偷懒，连说："不算，不算，从头再来。"

毛泽东重新起头："赤水河畔清泉水。"

周恩来续句："琼浆玉液酒之最。"

黄炎培接句："天涯此时共举杯。"

陈毅举杯一饮而尽，收句曰："唯有茅台喜相随。"

吟罢，众人抚掌大笑。①

新中国成立后，毛泽东曾给苏联的同志说起红军战士在茅台酒中洗脚的故事。毛泽东说："长征期间，中国红军从南向北移动，爬雪山过草地，穿过荒郊僻壤。因为这样走可以避开国民党军队，比较顺利地前进。有一次，我们来到四川省的边境地区，大家疲惫不堪，决定扎营休息。忽然间，几个士兵发现一个水泥池。大家都奔过去，想在水里泡泡我们在行军中走起了泡的双脚。"毛泽东停下来，喘一口气接着说，"好痛快啊，脚上的泡和伤口好像在水里溶化了一样。我们陶醉了一阵，才发现原来池子里蓄的是茅台酒。……我们差点没背过气去。幸而没有发生什么问题，战士们给这片水井付了应付的价钱……"周恩来插话说："我

---

① 黄汉民：《毛泽东诗词佳话》，人民出版社2013年10月版，第106—107页。

们那时把手头所有的瓶瓶罐罐都装满了茅台，一大早才上路。后来我们一直怀念内地这一池医疗圣水。"[1]

　　如果这个记录准确的话，毛泽东也是用民间叙事的方法，制造故事的传奇性。这是胜利者叙说的赋予了浪漫色彩的往日故事，无关真实与虚构。毕竟，遵义城、赤水河和茅台酒，给转败为胜的共产党人留下的印象太深了。

---

[1] 《费德林回忆录——我所接触的中苏领导人》，新华出版社1995年7月版，第148页。

# 锦绣乾坤

## 1935

三个多月的
磨合

圆满了
遵义会议

大纛一张，万夫走集。雷电一震，阴噎皆开。

遵义会议结束之后，毛泽东、张闻天、陈云分别到各部队传达会议精神。

周恩来说："遵义会议一传达，就得到全党全军的欢呼。"①

刘伯承说："遵义会议的精神传达到部队中，全军振奋，好像拨开重雾，看见了阳光，一切疑惑不满的情绪一扫而光。"②

一些老兵对新兵说："小鬼们呀，你们懂吗？我们党、我们红军得救了！毛主席又来领导我们了！现在终于盼来了！"

"群龙得首自腾翔"，遵义会议是中国革命伟大交响乐的一个高潮。

遵义会议的大方略，还需要在遵义会议之后来实现。遵义会议之后的三个来月，成为"遵义会议时间"的自然延续，是遵义会议讨论议题的实践与落实，是遵义会议精神的有机组成部分，宛如天空炸响一声春雷之后，山川大地的回应。遵义会议之后的几个月，属于"遵义会议"。

---

① 周恩来：《党的历史教训（节录）》（一九七二年六月十日），载中共中央党史资料征集委员会、中央档案馆编《遵义会议文献》，人民出版社2009年7月版，第71页。

② 刘伯承：《回顾长征》，载吴德坤主编《遵义会议资料汇编》，中央文献出版社2009年8月版，第103页。

凯丰对遵义会议的结果不满意。他说："谁正确，谁错误，走着瞧吧！"①

遵义会议，需要实践和时间的检验。

是的，谁正确，谁错误，得走着瞧！

---

① 李维汉：《回忆与研究》，中共党史资料出版社1986年4月版，第352页。

# 从土城失败到四渡赤水

我自己也犯过错误，由于我的过错，在战争中也打过败仗，比如长沙、土城等四次战役。

——毛泽东

夜行军。警卫员陈昌奉提着一盏马灯带路，毛泽东踩着灯光，步履匆匆。一阵急急的脚步声传来，一个影子走进灯光中。周恩来追了上来，他与毛泽东并肩走着，商讨更换党和红军总负责人的大计。

毛泽东说："党的总负责这个问题，我看不要匆忙，现在最重要的是解决军事指挥问题，很明显，李德是不能再搞下去了。"

周恩来："当然，军事指挥还是由你来搞。"

毛泽东断然拒绝："不，这样变动太大。恩来，还是你军事上负总责吧，我来协助你。"

周恩来说："如果你不接受我的意见，那只有在会上说了。"

遵义会议之后，党内军内都希望毛泽东来领导全党全军。

彭德怀说，遵义会议精神传达后，"大家都高兴，完全拥护。大家希望毛主席兼任总书记"①。

黄克诚回忆说："遵义会议的情况，我是在三军团听毛主席亲自来传达的，当时听了以后感到很不满足。因为遵义会议虽然对中央领导进行了改组，确立了毛主席在中央的领导地位，但是担任总书记的是张闻天（洛甫）同志……当时只是解除了博古的总书记职务和李德的军事指挥权，中央政治局的其他同志仍保留在领导岗位上，博古同志也保留在政治局内。"②"尤其是对没有明确毛泽东在党中央的领导地位而深感不安。"③

更换最高领导人的事，还来不及开会，土城战役就打响了。

中国共产党召开遵义会议时，蒋介石正忙着对红军围追堵截。他调集四十万兵力，企图将中央红军三万五千多人围歼于乌江西北地区。红军面临的局势更加严峻了。

中革军委决定，部队从1月19日开始向北转移，在川黔交界处的赤水、土城地区集中。20日，中革军委下达《渡江作战计划》，决定在宜宾、泸州之间北渡长江，进入川西北，同红四方面军会合，创立新的根据地。

---

① 彭德怀：《彭德怀自述》，人民出版社1981年12月版，第195页。

② 黄克诚：《关于对毛主席评价和对毛泽东思想的态度问题》，《人民日报》1981年4月11日第1版。

③ 黄克诚：《黄克诚自述》，人民出版社1994年10月版，第128页。

27日，红军分三路全部推进到赤水河以东地区。情报显示，土城的敌人有四个团六千余人，是战斗力很弱的"双枪"军（步枪加鸦片烟枪）。毛泽东同朱德、周恩来等商议，围歼这股敌人。

红军太渴望胜利了。

遵义会议后需要一场胜仗。

毛泽东也想打一个漂亮仗。

1月28日凌晨，土城战斗打响。毛泽东指挥，红三、红五军团为作战主力。

战斗开始，红军开始取得一些胜利。随后的战斗越来越激烈，敌人的抵抗没有减弱。川军遭到重创，红军也出现了不少伤亡。

毛泽东很快发现，原来的情报有误，土城之敌，兵力有六个团一万多人，并且大批增援敌军正在赶来。

战斗打得艰难被动，战局逐渐对红军不利。

毛泽东立刻调陈赓、宋任穷率领军委纵队干部团去前线增援。

战事最紧张时，朱德决定亲临火线指挥作战。毛泽东担心朱德的安全。朱德说："老伙计，不要光考虑我个人的安全。只要红军胜利，区区一个朱德又何惜！敌人的枪是打不中朱德的！"①毛泽东集合同志，列队欢送朱德。朱德紧紧

---

① 中共中央文献研究室编：《朱德传》（修订本），中央文献出版社2006年8月版，第401页。

握着毛泽东的手说："不必兴师动众，不必兴师动众。礼重了，礼重了。"毛泽东说："理应如此，理应如此。桃花潭水深千尺，不及你我手足情嘛。祝总司令多打胜仗，多抓俘虏。"[1]毛泽东引用李白《赠汪伦》诗句为即将出发上前线的朱德鼓劲。

朱德亲临前沿阵地指挥，干部团猛打猛冲，终于打退了川军的进攻，稳住了阵地。接着，原已北上进攻赤水县城的红一军团第二师赶回参战，巩固了阵地。

这一仗，红军没有完成歼灭土城附近敌军的计划，自身伤亡很大。

博古在一边说风凉话："看起来，狭隘经验论者指挥也不成。"[2]

当晚，毛泽东提议召集中央政治局主要领导人开会。会上，毛泽东没有回避土城战役的失败，而是"讨论失败"。之后，毛泽东根据各路国民党军队正奔集而来进行围堵的新情报，决定迅速撤出战斗，停止执行原定北渡长江的计划，西渡赤水。后来，他总结了土城之战的三条教训："一、敌情没有摸准，原来以为四个团，实际是六个团，而且还有后

---

[1] 龚国基：《毛泽东与中国现代诗人》，中央文献出版社2014年8月版，第4页。

[2] 中共中央文献研究室编：《毛泽东传》（一），中央文献出版社2011年11月版，第349页。

续部队；二、轻敌，对刘湘的模范师的战斗力估计太低了；三、分散了兵力，不该让一军团北上。我们要吸取这一仗的教训，今后力戒之。"①

土城战役是毛泽东在遵义会议后打的一场败仗。他后来多次坦言："我们打过败仗的。"②"长征时候的土城战役是我指挥的"，"我自己也犯过错误，由于我的过错，在战争中也打过败仗，比如长沙、土城等四次战役"③。

毛泽东的头发长得老长。中央队的刘英（长征后成为张闻天的妻子）劝毛泽东理发。毛泽东说："打了胜仗才理呢。"④

土城战役失利，毛泽东立即改变原定北渡长江，在成都西南或川西北建立新的根据地的目标，调整进军方向，西渡赤水河，向川南古蔺、叙永地带前进，导演了一场大幅度机动制敌歼敌的运动战——四渡赤水。

1月28日，毛泽东果断率部开始脱离土城战斗。

红军的面前横着一条赤水河。渡过去！

---

① 中共中央文献研究室编：《毛泽东传》（一），中央文献出版社2011年11月版，第351页。

② 中共中央文献研究室编：《毛泽东文集》（第八卷），人民出版社1999年6月版，第213页。

③ 中共中央文献研究室编：《毛泽东文集》（第七卷），人民出版社1999年6月版，第106、393页。

④ 刘英：《刘英自述》，人民出版社2005年10月版，第70页。

　　红军一渡赤水，进入川南古蔺、叙永地区，寻机北渡长江。

　　一渡赤水，摆脱了尾追之敌，避免了部队的更大损失，改变了被动局面，为下一步机动作战争取了时间和空间。

　　红军渡赤水而进入云南扎西地区，蒋介石急调滇军、川军围堵，一方面加强长江沿线防务防止红军北进，一方面下令主力尾追和截击红军。蒋介石认为这是消灭红军的大好机会，他在2月3日的日记中写道："匪情，迫其窜入川西峦地，陷于绝境。"①

　　这是自第三次"围剿"、反"围剿"作战以来，毛泽东再一次"面对面"地与蒋介石"斗法"。

　　毛泽东看到敌军主力被吸引到川滇黔交界，黔北地区的防守兵力大为减弱，立即指挥部队回师东进、再渡赤水。

　　红军的面前横着一条赤水河。二渡赤水前夕，朱德对红一军团指战员做动员讲话说："大家记得六年前毛泽东同志和我带领三千多人下山，经过三年多的艰苦战争，粉碎了蒋介石的四次'围剿'，扩大了十几万红军，建立了二百多万人口的根据地。现在全军还有三万多人，比井冈山时多十倍，还怕什么？""现在是过了大年又立春，是'柳暗花明又一"春"'的好时光，我把'村'字改为'春'字，表示

---

① 此处及下文引蒋介石日记皆转引自金冲及《生死关头——中国共产党的道路抉择》，生活·读书·新知三联书店2016年8月版。此处引自该书第180页。

红军有新的生机，因为遵义会议后毛泽东同志又到红军指挥战斗了，下一仗一定能打赢的！"[①]

2月18日至21日，中央红军在太平渡、二郎滩等渡口二渡赤水，回师黔北，跳出敌人包围，占领娄山关。

薛岳率领的国民党第二路军等尾追而来。毛泽东见状，指挥红军连续作战，5天之内，从桐梓、娄山关到遵义，一直打到乌江边。这一仗，击溃国民党军队两个师又八个团，俘敌约3 000人，缴获大批军用物资。这是红军长征以来打的第一个大胜仗。蒋介石把这一失败称作"国军追击以来的奇耻大辱"，他在2月27日的日记中写道："朱匪进窥遵义，薛岳处理不当，愤怒伤神。"

雄关一道红旗出。毛泽东踏着月光，来到硝烟未尽的娄山关，他看到一块石碑上刻着"娄山关"三个大字，食指在空中临摹着，自言自语道："可惜不知道出自哪位书家之手……"他的目光从石碑移向远方。

天亮了，群峰苍茫，山风阵阵，林海滔滔。

战争胜利和自然景物的突然遇合，令毛泽东诗兴涌动，他在马背上开始哼诗。马蹄携带硝烟，踏响平仄。一首不仅用平仄而且用枪声押韵的大诗在孕育。

到了遵义城，毛泽东又一次住在黔军旅长易怀芝的宅

---

① 中共中央文献研究室编：《朱德年谱（新编本）》（上），中央文献出版社2006年11月版，第463-464页。

邸。警卫员给毛泽东找来几张报纸，毛泽东看到报纸上刊登着留在苏区的同志被俘、被杀的照片……悲从中来。战友牺牲引起的无限悲怆与娄山关胜利带来的喜悦复杂地交织在一起，毛泽东捉笔写下《忆秦娥·娄山关》：

　　西风烈，长空雁叫霜晨月。霜晨月，马蹄声碎，喇叭声咽。　雄关漫道真如铁，而今迈步从头越。从头越，苍山如海，残阳如血。

　　这首词的上阕，写自然景观与战争场面。风声，雁声，马蹄声，喇叭声，一声声被作者绘声绘色地描述出来；枪声，炮声，脚步声，喊杀声被作者省略了，但从字里行间可以听见。下阕，有叙述，有描写，有议论与感慨。"雄关漫道真如铁，而今迈步从头越"，是豪放语，充满英雄主义精神。"苍山如海，残阳如血"，将士热血入诗囊。这一首《忆秦娥·娄山关》，胜似李白的《忆秦娥·箫声咽》。

　　而今迈步从头越。遵义，胜利开始的地方。

　　娄山关打了胜仗，毛泽东同意理发。

　　在不久前的一次战斗中，毛泽东的下巴上有轻微的擦伤，很快就结了一个痂。这样的磕磕碰碰在战斗岁月再平常不过了，毛泽东没有在意，卫生员也没有及时处理。因为伤口里有异物，这个结痂处就形成了一个轻微的凸起。

"毛主席，你下巴上有个痂。"理发员陈伯钦对毛泽东说。

"不知是哪个烈士的热血溅在上面。"毛泽东说。

理发员好像明白了毛泽东的话，又好像没有明白。

给毛泽东理发的红军战士陈伯钦回忆说："我按照毛主席的发型进行修剪，然后又给他刮脸。毛主席下巴处一颗痣，给我的印象最深，约有黄豆大小的肉痣，嵌在下巴的中间偏左一点，我小心翼翼地避开它。"①

谁也没有想到，毛泽东下巴上的这个痂，留在了毛泽东的面孔上，它渐渐变成了褐色的肉痣，成为毛泽东形象的一个重要标识。

这是"遵义"给毛泽东的面孔增添的一个"新内容"。

有人说：这叫"中年得痣"。

---

① 中共党史出版社编：《铁流二万五千里——长征》，中共党史出版社2011年4月版，第84页。

# 博古"交挑子"

应该让洛甫做一个时期。

——毛泽东

战地黄花分外香。战斗间隙，毛泽东与刘英谈起了《红楼梦》。

毛泽东问刘英："你知道'不是东风压倒西风，就是西风压倒东风'这句话是谁说的？"刘英说："黛玉的'葬花词'我背得，这句话哪个知道。"毛泽东说："就是这位苏州姑娘说的啊！""《红楼梦》里你最喜欢哪一个？"刘英说："当然是林妹妹了。"毛泽东摇摇头说："《红楼梦》里最招人喜欢的是贾宝玉。他鄙视仕途经济，反抗旧的一套，有叛逆精神，是革命家。"[①]

二渡赤水之前的2月5日，党中央率领红军来到川、滇、黔交界的一个"一鸡长鸣，三省皆闻"的地方。在这里，张闻天说，要变换领导。

党心所向，军心所归。大家都希望毛泽东担任党的总书记。

为了推出毛泽东，周恩来先是做博古的工作。他和博古

---

① 刘英：《刘英自述》，人民出版社2005年10月版，第71页。

说了掏心窝子的话：

"现在你在军队中威信很低，继续做总书记已经不可能了。经过反'围剿'失败和'最高三人团'的寿终正寝，军队已不可能再让一个不懂军事又不会领兵打仗的人来继续指挥他们了。一个不能参与军事指挥决策的书记，犹如一个骑着战马奔驰却由别人拿着缰绳的人，这是多么窝心的事。何况你自己也没有强烈的领袖欲望，也不具备吸引群众顶礼膜拜的魅力，心地善良，不会耍政治手腕。在中央苏区主持工作的一年多里，在政治路线上总是压抑自己的见解，唯国际指示是从。福建事变的处理就是一个典型事例。这样做的结果，往往招致一些人的非议，使自己处在一个夹缝中。所以说这个'书记'不当也罢。从内心讲，你和我都是做具体业务的人，都不合适做领袖或主帅。在中国做党的总书记要比联共的总书记难，共产国际和军队、老百姓，这两头的哪一个在摇头，你都不好受，都得下台。陈独秀、李维汉、李立三、瞿秋白，不都是先例吗！我看趁现在这个机会你自己主动辞职，比以后让人赶下来好。这几年你搞组织工作、宣传鼓动工作都很有能力，眼下王稼祥同志病情趋重，我这个红军总政委急需帮手，你来出任红军总政治部主任，意下如何。

"我真正了解老毛是到了中央苏区后，在宁都会议前，打乐安、宜黄、南丰，这三仗都是老毛主帅，我和老朱、老王辅佐，应用'十六字诀'的用兵方法，在运动战中消灭敌人，结果仗仗打得得心应手，每仗全胜，心里舒坦极了，对老毛很是佩服。可是宁都会议上，由于老毛目空一切傲横武断的作风把自己赶下了台，离开了军队，使中央红军失去了一个帅才。以后几个月里老毛一直抱病休养，像一块石头一直压在我心头，总感到对不起他，对不起中央红军。

"黎平会议上，老毛有理有据地驳倒了李德主张折入黔东进湘鄂边的错误路线，使我加重了要尽快'去李换毛'的决心。在黎平我排除了李德，因为我深信以老毛的才能，一定能率领中央红军走出困境。希望你能支持我，抛弃和老毛的前嫌，同心同德，一切为了打败蒋介石，建立无产阶级新政权这个大局。"[1]

周恩来的这些话语，由于时间的洗磨和回忆者的话语转换，或许未必字字精准，但是细细品来，符合逻辑。博古在周恩来的说服下，思想基本通了，同意让位。

周恩来力推毛泽东，还有更为深层的考虑："他知道，下一步中央红军将与红四方面军会师。四方面军的张国焘是政治局常委，资格老，粗暴跋扈，有政治野心，如今拥兵八万，比中央红军更有实力。他没有参加遵义会议，尽管已

---

[1] 秦福铨：《博古与遵义会议》，载邹贤敏、秦红主编《博古和他的时代——秦邦宪（博古）研究论集》（下册），当代中国出版社2016年1月版，第647-648页。

将遵义会议的决议通报给了他，但尚不知他对遵义会议的态度如何。两大主力军会师之后，会出现什么情况很难预料，万一出现复杂局面，唯有毛泽东能够制衡与驾驭。力挽狂澜，非毛泽东不可……"[1]

毛泽东却不同意接任"总书记"的职务。

周恩来说："当时博古再继续领导是困难的，再领导没有人服了。本来理所当然归毛主席领导，没有问题。洛甫那个时候提出要变换领导，他说博古不行。我记得很清楚，毛主席把我找去说，洛甫现在要变换领导。我们当时说，当然是毛主席，听毛主席的话。毛主席说，不对，应该让洛甫做一个时期。毛主席硬是让洛甫做一做看。人总要帮嘛。说服了大家，当时就让洛甫做了。……这样比较自然，便于集中力量取得胜利，减少阻力。"[2]

遵义会议上，大家推荐毛泽东担任总书记，毛泽东不干。遵义会议后，毛泽东在大家都拥推他为党的总书记的强烈呼声中，本来应该顺理成章地成为党和军队的总负责人，但他依然不干。他决定自己不担任党的总负责人，并推荐了

---

① 秦福铨：《博古与遵义会议》，载邹贤敏、秦红主编《博古和他的时代——秦邦宪（博古）研究论集》（下册），当代中国出版社2016年1月版，第649页。

② 周恩来：《党的历史教训（节录）》（一九七二年六月十日），载中共中央党史资料征集委员会、中央档案馆编《遵义会议文献》，人民出版社2009年7月版，第72—73页。

张闻天。这其中，自有毛泽东的深谋远虑。

"一九三五年的遵义会议，主要地是反对战争中的机会主义，把战争问题放在第一位，这是战争环境的反映。"①毛泽东主动推掉总书记的职务，也是"战争环境的反映"。毛泽东的"深谋"在于，他深知"枪杆子里面出一切东西"，"整个世界只有用枪杆子才可能改造"②。"战争第一，军事第一"，"枪杆子里出农会，枪杆子里出工会，枪杆子里出政权，又出共产党，枪杆子里出一切。这是真理"③。"生存第一，胜利第一。"④在长征这样的危机和危急时间中，整个政治工作和党的工作实际上只是在军队中进行，军事上的胜利是最重要的。

毛泽东的"远虑"在于，他考虑到远方的共产国际。共产国际像一个"幽灵"一样"游荡"在中国共产党人的心头，也在毛泽东的心中留下阴影。张闻天具有"共产国际"的背景，由他担任名义上的中共总负责人，遵义会议的结果更容易得到共产国际以及王明的认可，起码可以缓冲万一到来的共产国际对中国共产党的"问责"压力。同时，张闻天

---

① 《毛泽东选集》（第二卷），人民出版社1991年6月版，第548页。

② 《毛泽东选集》（第二卷），人民出版社1991年6月版，第547页。

③ 《毛泽东同志在抗大讲话记录稿介绍（下）》（一九三八年八月二日），《中央档案馆丛刊》1986年第2期。

④ 《毛泽东军事文集》（第三卷），军事科学出版社、中央文献出版社1993年12月版，第288页。

的留苏背景，还有利于他与其他留苏回来的犯过"左"倾错误的同志保持沟通与联系，有助于党的团结。

"俏也不争春，只把春来报。"周恩来见毛泽东不当党的最高领导人，没有再"劝进"；周恩来见毛泽东推荐张闻天担任党的领袖，也就不再坚持自己的意见。智慧过人、缜密严谨的周恩来，明了"当时是惊涛骇浪中作战，军事路线最紧迫"①，更明了毛泽东的"用人"之道和"自用"之道。

在鸡鸣三省这个小村子里，中央政治局常委分工，由张闻天接任博古在党内负总的责任。

未满35岁的张闻天成了事实上的中共中央总书记——那时党的最高负责人不叫总书记。张闻天身上也有"左"的错误，但仍当了党的总负责人。他后来说："在遵义会议上，我不但未受打击，而且我批评了李德、博古，我不但未受处罚，而且还被抬出来代替了博古的工作。"②

博古服从组织决定，克己为党，从容地从总书记的位置上走了下来。

会后，政治局候补委员凯丰找到博古，他对博古说，你

---

① 周恩来：《党的历史教训（节录）》（一九七二年六月十日），载中共中央党史资料征集委员会、中央档案馆编《遵义会议文献》，人民出版社2009年7月版，第71页。

② 张闻天：《从福建事变到遵义会议》（一九四三年十二月十六日），载中共中央党史资料征集委员会、中央档案馆编《遵义会议文献》，人民出版社2009年7月版，第86页。

不要交权。

博古不为所动。他说："明天就叫小康把挑子送过去。"①小康是博古的警卫员。

2月的一天，博古带着小康，小康挑着一副担子，来到张闻天处。博古郑重地把担子交给了张闻天。担子两头是两个铁皮箱子，铁箱子里面装的是"中国共产党中央委员会""中国共产党中央委员会政治局"等三枚大印，重要文件和金条——党的经费。博古说："今后有事，尽管分派我秦博古干。"②

这就是中共党史上著名的"交挑子"。这是中国共产党历史上极为重要的一次权力移交。博古为了革命不计个人得失，显示出一个共产党人纯洁无私的高尚品德。

不久，博古被任命为总政治部代理主任。

中共大胆地改组了自己的最高权力机构，把共产国际批准的负责人拉下马来——这是中共成立以来的第一次。

但是，中国共产党还必须依靠远方的"顶头上司"——共产国际。遵义会议的精神以及后来更换党的负责人的决定，还需要得到共产国际的认可。这是后话。

---

① 李志英：《博古传》，当代中国出版社1994年12月版，第187页。
② 李志英：《博古传》，当代中国出版社1994年12月版，第187页。

# 打鼓新场危机

要么就听我的，我要求你们听我的，接受我的这个建议。如果你们不听，我服从，没有办法。

——毛泽东

红军二渡赤水之后，蒋介石在武汉坐不住了，在3月2日飞抵重庆指挥作战。他在日记中写道："朱匪陷遵义，桂逆思逞贵州，局势严重，故直飞重庆镇摄。"①

二渡赤水、第二次占领遵义之后，张闻天提议毛泽东任前敌总政治委员。他说："二次回遵义后，我看出周恩来同志领导战争无把握，故我提议要毛泽东同志去前方当前敌总指挥。"②

3月4日，张闻天和周恩来提议，在中革军委特设前敌司令部，由朱德任前敌司令员，毛泽东任前敌政治委员。前敌司令部实际上就是红军作战行动的总指挥。

毛泽东被任命为前敌政委，仅仅过了5天，就遇到了一次危机。

---

① 蒋介石日记（手稿本），1935年3月6日，美国斯坦福大学胡佛研究所藏。
② 这是张闻天《反省笔记》中的话。载何方《何方谈史忆人》，世界知识出版社2010年10月版，第46页。

3月10日凌晨1时，红一军团司令员林彪和政委聂荣臻发"万急"电报给朱德，建议红军主力打打鼓新场——这里驻守着黔军，打掉他们，扫清红军西进道路。

在一个叫"狗坝"（今苟坝）的小村子里，张闻天主持召开中央会议，讨论打不打打鼓新场的问题。毛泽东认为不能打，因为那是固守之敌，而且敌军主力向那里机动很快。

会议开了整整一天，最后大家都一面倒地同意林、聂的建议：打打鼓新场。

毛泽东见无法说服大家，说："你们要硬打，我就不当这个前敌司令部政委了。"

毛泽东又一次请辞。

主持会议的张闻天为了避免像前任博古、李德那样的专断，自己也不表态，他说，少数服从多数，民主表决吧。

随后表决。结果是20余票对1票。最终，会议不但完全采纳了林、聂的建议，还将毛泽东刚刚当了6天的前敌政委的职务表决掉了。

毛泽东又一次受挫。

想当年，在井冈山上，在宁都会议上，他去职之后使气任性，拂袖而走，真是"飞扬意气未磨砻，五岳峻嶒方寸中"。而如今，他已经不是"初级阶段"的毛泽东，他在革命斗争中磨砻得更加智慧，更加练达。这一次，他没有自己挥挥衣袖走人。他没有退路可退了。

毛泽东深知，军事是最危险的东西，必须慎重从事，否则随时有覆灭的危险。红军已经不能再走弯路，更不能再打败仗。机遇稍纵即逝。真正的机遇不会来第二次。绝不能像古代那些腐儒那样"静以待之，以俟天命"！毛泽东决定，立即去做周恩来的工作，因为周恩来是关键人物。

警卫员陈昌奉在前面打着马灯，坑坑洼洼的小路被照亮一小片。毛泽东自言自语地说："打着灯笼走夜路……"毛泽东在山间泥泞的小路上走了几里地，找到周恩来。毛泽东陈述不能打打鼓新场的理由，建议缓发作战命令。此时，周恩来刚收到几份电报，说敌人几支部队正向打鼓新场集合。这完全印证了毛泽东此前的判断。如果再去打打鼓新场，部队定会陷入灭顶之灾。周恩来接受了毛泽东的意见。

3月11日，中央下达了不进攻打鼓新场的指令。

西风烈，长空雁叫霜晨月。

毛泽东后来说过这件事："我反对打打鼓新场，要到四川绕一个圈，全场都反对我。那个时候我不动摇。我说，要么就听我的，我要求你们听我的，接受我的这个建议。如果你们不听，我服从，没有办法。散会之后，我同恩来讲，我说，不行，危险，他就动摇了，睡一个晚上，第二天又开会，听了我的了。"①

---

① 中共中央文献研究室编：《毛泽东传（1949—1976）》（下），中央文献出版社2003年12月版，第940页。

周恩来也说到这件事："从遵义一出发，遇到敌人一个师守在打鼓新场那个地方，大家开会都说要打，硬要去攻那个堡垒。只毛主席一个人说不能打，打又是啃硬的，损失了更不应该，我们应该在运动战中去消灭敌人嘛。但别人一致通过要打，毛主席那样高的威信还是不听，他也只好服从。但毛主席回去一想，还是不放心，觉得这样不对，半夜里提马灯又到我那里来，叫我把命令暂时晚一点发，还是想一想。我接受了毛主席的意见，一早再开会议，把大家说服了。"①

3月11日一大早，中央再次举行会议，恢复了毛泽东的前敌政委职务。

毛泽东的这次起落，在一天一夜之间翻转。

打着马灯化解危机。毛泽东在变幻莫测的政治云烟中把握瞬间与永恒，从而改写了历史。

人们看到，毛泽东在遵义会议以后有很大的变化，他更加沉着、练达，思想更加缜密、周到，特别是更善于团结人了。

打鼓新场这件事引起毛泽东的思考。毛泽东认为，在机断紧急的作战中，凡事讨论，会贻误战机，鉴于战场事态瞬息万变，军事指挥需要适当集中，临机决断，不能像过去

---

① 　中共中央文献研究室编：《毛泽东传》（一），中央文献出版社2011年1月版，第353页。

那样动辄搞20多人讨论军事行动，不但效率低下，也保证不了决策正确。毛泽东提议说，"不能像过去那么多人集体指挥，还是成立一个几人的小组"①。

3月12日左右，中央接受了毛泽东的建议，成立军事三人小组，人称"新三人团"，由毛泽东、周恩来和王稼祥组成，负责指挥全军的军事行动。张闻天提议，毛泽东为前敌总指挥②。这一决定，是遵义会议精神发展的结果，进一步确立和巩固了毛泽东在中央红军中的领导地位。

毛泽东这段"罢将出帅"的历史，张闻天在延安时对他的夫人刘英详细讲述过。刘英在回忆录中记载，张闻天说，"从此以后，长征的军事行动就完全在毛主席指挥下进行"③。

杨尚昆说："恩来同志从中国革命的最高利益出发，出于对毛泽东同志的充分信赖，自觉地把自己置于助手的地位，让毛泽东同志全权指挥红军的军事行动。"④

---

① 周恩来：《党的历史教训（节录）》（一九七二年六月十日），载中共中央党史资料征集委员会、中央档案馆编《遵义会议文献》，人民出版社2009年7月版，第73页。

② 中共中央党史资料征集委员会：《关于遵义政治局扩大会议若干情况的调查报告》（一九八四年九月），载中共中央党史资料征集委员会、中央档案馆编《遵义会议文献》，人民出版社2009年7月版，第143页。

③ 刘英：《刘英自述》，人民出版社2005年10月版，第73页。

④ 杨尚昆：《相识相知五十年——我所了解的恩来同志》，载吴德坤主编《遵义会议资料汇编》，中央文献出版社2009年8月版，第118-119页。

伍修权说："遵义会议决定撤销了博古和李德的军事指挥权，接受了毛泽东的一系列建议，实际上实现了他的意图，但是在后来的党内分工时，他却又极力推举由张闻天来接替博古在中央'负总责'。会议还决定朱德为'军事指挥者'和'最高军事首长'，周恩来是党内对于军事指挥下最后决心的'负责者'，毛泽东本人开始只是周恩来在军事指挥上的'帮助者'。后来由于战事需要，才成立了由毛泽东、周恩来和王稼祥三人组成的军事指挥小组，毛泽东这才开始成为党和红军实际上的负责人。这个不短的过程，都表明毛泽东为了党的事业，善于等待和因势利导地稳步前进。正如他当时指挥的'四渡赤水'一样，为了达到目标，不惜迂回曲折。"①

危急之时，革命同志选择了毛泽东，中国共产党选择了毛泽东。尽管毛泽东名义上没有当总书记或军委主席，但实际上他已经是军队指挥以及重大问题上的最高决策者。

"指挥军事上下最后决心的负责者"由遵义会议上确定的周恩来，事实上在苟坝转到了毛泽东。于是，有了后来的战争奇观——

蒋介石飞到重庆，亲自指挥对中央红军的"追剿"。他

---

① 伍修权：《回顾革命史 难忘毛泽东》，载中共中央文献研究室《缅怀毛泽东》编辑组编《缅怀毛泽东》（下），中央文献出版社1993年12月版，第63-64页。

调集中央军、川军、黔军集结在赤水河和乌江之间地区，决定以堡垒主义结合重点进攻，实行南北夹击，围歼红军于遵义、鸭溪狭小地区。红军再次陷入险境。

大河前横。渡过去！3月16日晚至17日12时前，毛泽东指挥中央红军突然三渡赤水，重返川南的古蔺、叙永地区。这一步，出乎蒋介石意料。

中央红军三渡赤水后，大部隐蔽集结，部分摆出北渡长江的姿态。蒋介石几番犹豫，几番判断，认为红军将要北渡长江。于是，急忙调整部署，重兵集结在赤水河西，星夜赶筑碉堡，企图再度围困红军于赤水河以西，迫使红军在古蔺地区决战。蒋介石20日声言："剿匪成功，在此一举。"[1]

毛泽东将计就计，派出小部队向古蔺开进，调动国民党各路军队大举西进；红军主力则以悄无声息的神速动作，于3月21日晚至22日从二郎滩、太平渡等处四渡赤水。红军指战员再入黔北。这一步，完全出乎蒋介石的意料。

过河之后，中革军委令红九军团伪装主力，在马鬃岭佯攻长干山、枫香坝，吸引敌人北上，红军主力向南疾进，从鸭溪、白腊坎间十余里狭小空隙突破敌封锁线，直扑乌江北岸渡口。31日，红军大部南渡乌江。至此，中央红军将几

---

[1] 中共中央文献研究室编：《毛泽东传（1893—1949）》，中央文献出版社2004年6月版，第361页。

十万国民党军甩在乌江以北地区，使蒋介石消灭红军于乌江以北、川黔滇边境地区的图谋归于失败。

走！打得赢就打，打不赢就走。三十六计，走为上计。走，毛泽东最为擅长，这是他的拿手好戏。井冈山之"走"，"敌进我退，敌驻我扰，敌疲我打，敌退我追"，打得敌人丢盔卸甲；反"围剿"之"走"，把敌人"肥的拖瘦，瘦的拖死"，最终横扫千军如卷席。遵义会议之后四渡赤水，更是精准地把握了"走"与"打"的辩证关系，围绕赤水河，声东击西，在川军、滇军、黔军、中央军的夹缝里钻来钻去，处处牵着敌人的鼻子走，导演出一幕驰骋纵横、气势磅礴的战争活剧。朱德后来赋诗曰：

群龙得首自腾翔，路线精通走一行。
左右偏差能纠正，天空无限任飞扬。

遵义会议确定的战略方针，在四渡赤水的经典运动战中得到了检验。如果说遵义会议为中国革命指出了一条正确的道路，四渡赤水就是在这条道路上的一次具体实践。遵义会议是中国革命的转折点，四渡赤水是中国革命在曲折中前进的最好诠释。

赤水河畔天地清，江草江花处处鲜。四渡赤水之后，红军跳出了敌人的重重包围，不仅保存了有生力量，也进一步巩固了毛泽东在党和红军中的领导地位。

从遵义会议到四渡赤水大规模的运动战，构成了中国革命的大转折。

刘伯承说："遵义会议以后，我军一反以前的情况，好像忽然获得了新的生命，迂回曲折，穿插于敌人之间，以为我向东却又向西，以为我渡江北上却又远途回击，处处主动，生龙活虎，左右敌人。我军一动，敌又须重摆阵势，因而我军得以从容休息，发动群众，扩大红军。待敌部署就绪，我们却又打到别处去了。弄得敌人扑朔迷离，处处挨打，疲于奔命。"[1]

聂荣臻说："这个阶段，我们都是声东击西，大踏步地机动作战，不断地调动敌人。这样打法，部队自然要多走一点路，疲劳一点，可是敌人却对我们捉摸不透，便于我们隐蔽企图，使我军由被动变为主动。以后陈毅同志对我说过，毛主席说四渡赤水是他一生中的'得意之笔'。我也深感毛泽东同志在军事指挥艺术上运用之妙，他确实才思过人，值得我们很好学习。"[2]

---

① 刘伯承：《回顾长征》，载吴德坤主编《遵义会议资料汇编》，中央文献出版社2009年8月版，第104页。

② 聂荣臻：《聂荣臻回忆录》（上册），解放军出版社1984年8月版，第255页。

多年过去，四渡赤水的画面在毛泽东的脑海里依然清晰如昨。1960年5月，英国元帅蒙哥马利访华时对毛泽东说："您指挥的辽沈、平津、淮海三大战役，可以与世界上任何伟大的战役相媲美。"毛泽东回答："三大战役没什么，四渡赤水才是我的得意之笔。"

战争艺术与斑斓春光相遇，战地黄花分外香。"冬尽西归满山雪，春初复来花满山。白鸥乱浴清溪上，黄鸟双飞绿树间……"行军中，毛泽东吟诵着王阳明在贵州写下的诗句。1935年的盛隆浩大的黔北春天，深深地镌刻在毛泽东的记忆中。

燕子喃喃飞来。黔北的天空响起一声春雷……

冬日到春日这段不长的时光，也雕刻着29岁的凯丰。

遵义会议后，凯丰被撤销了红九军团中央代表职务。

"谁正确，谁错误，走着瞧！"凯丰切身体会到毛泽东给红军带来的巨大变化，很快转变了思想认识。他光明磊落，知错就改，主动向中央作了检查。1935年2月，中共中央又派他到红九军团任中央代表。

凯丰回忆说："因当时对过去中央苏区所犯错误还不了解，在遵义会上坚持了错误的方向，现在想起来真是幼稚可笑。经过中央的批评，在很短的时间内就了解了自己的错误（大约两个月的光景），在威信的干部会时，就实行了对自己错误的初步批评。在红军第二次回遵义时，党中央又派我到九军团工作。"[1]

"谁正确，谁错误，走着瞧！"凯丰在"走着瞧"中成为毛泽东坚定的追随者，在后来的对张国焘分裂党中央的斗争中坚定地维护了毛泽东的领导……

---

[1] 中共党史人物研究会编：《中共党史人物传》（第五十二卷），陕西人民出版社1994年5月版，第175页。

## "你是娃娃，你懂得什么？"

这种流言是很多的，譬如有人说我是曹操，中央成了汉献帝。

——毛泽东

四渡赤水，佯攻贵阳，威逼昆明，北渡金沙江，通过兜大圈子，机动作战。忽南忽北，声东击西，时左时右，飘忽不定，迂回曲折，红军穿插于国民党重兵之间，摆脱了敌人的包围圈。

山，快马加鞭未下鞍。惊回首，离天三尺三。
山，倒海翻江卷巨澜。奔腾急，万马战犹酣。
山，刺破青天锷未残。天欲堕，赖以拄其间。①

成群的燕子翻飞，有的竟俯冲到战士的队伍里，俯冲到马尾巴那儿。

"兜圈子"的打法，使得红军处于经常性的运动之中。"有时向东，有时向西，有时走大路，有时走小路，有时走

---

① 毛泽东：《十六字令三首》，载中共中央文献研究室编《毛泽东诗词集》，中央文献出版社1996年9月版，第49-50页。

老路，有时走新路，而唯一的目的是为了在有利条件下求得作战的胜利。"①指战员天天走在路上，走在风中雨中，走在日光月光中。把冰走成水，把花瓣走成泥土。"快马加鞭未下鞍"地走，迈开疲倦的双脚在走，走的是"之"字路，"打圈圈"的路，七弯八拐的路，忽进忽退一再回旋的路，走烂了一双又一双草鞋，乃至赤着脚走，走得肌肉燃烧，走得骨骼"嘎吱嘎吱"响，走的路比弯弯曲曲的赤水河还曲曲弯弯。"乌蒙磅礴走泥丸"，这种"走"法，"走"得敌人晕头转向，摸不清红军的去向和意图。这种"走"法，也令一些同志不理解："哎呀，我都转迷糊了。"有的人因此质疑毛泽东的军事指挥才能。

"新三人团"中的王稼祥对毛泽东的战法有些不理解，他对张闻天说："老打圈圈不打仗，可不是办法。"②

红三军团政治部主任刘少奇发觉部队中有一种"只走路不打仗"的埋怨情绪，就草拟了一份电报向中革军委反映。他拿着电报让三军团总指挥彭德怀和军团政委杨尚昆签字，彭德怀认为电报所述内容与他的看法不同，拒绝签字，杨尚昆在电报上签了字。

---

① 中共中央、中革军委：《告全体红色指战员书》，载中共中央文献研究室编《毛泽东年谱（一八九三——一九四九）（修订本）》（上卷），中央文献出版社2013年12月版，第447页。

② 刘英：《刘英自述》，人民出版社2005年10月版，第73页。

红一军团的林彪，听到部队对走"弓背路"的抱怨，他也埋怨说，我们走的尽是"弓背路"，应该走弓弦，走捷径。他还发牢骚说："这样会把部队拖垮的，像他这样领导指挥还行！？"①林彪不隐瞒自己的观点，他像在井冈山时期向毛泽东反映部队中有人质疑"红旗打得多久"一样，给"新三人团"写信，提议毛泽东、朱德、周恩来随军主持大计，请彭德怀任前敌指挥。

聂荣臻回忆说："四渡赤水以后到会理期间，在中央红军领导层中，泛起一股小小的风潮，算是遵义会议后的一股小小的余波。遵义会议以后，教条宗派主义者们并不服气，暗中还有不少活动。忽然流传说毛泽东同志的指挥也不行了，要求撤换领导。"②

红一军团和红三军团是中央红军主力，两支队伍中都有人对毛泽东的指挥有意见。此事非同小可。这引起了毛泽东的注意。

大敌当前，危机四伏，一着不慎，全盘皆输。全党全军必须有高信任度的团结——低信任度不行！必须有高度的统一——低一点都不行！生死攸关之时，不容许拖泥带水，

---

① 中共中央文献研究室编：《毛泽东年谱（一八九三——一九四九）（修订本）》（上卷），中央文献出版社2013年12月版，第454页。

② 《聂荣臻回忆录》，载中共中央党史资料征集委员会、中共中央党史研究室编《中共党史资料》（第五辑），中共党史资料出版社1983年9月版，第117页。

不容许三心二意，不容许七嘴八舌，必须像《三大纪律八项注意》中所唱的，"一切行动听指挥，步调一致才能得胜利"。

毛泽东跟张闻天商议，召开政治局扩大会议，统一思想。

1935年5月12日，会理会议在会理城外一个临时搭起的草棚子里召开。草棚子与周围郁郁葱葱的景色融为一体，为的是防止敌人飞机的轰炸。

张闻天主持会议。毛泽东在会上总结了红军四渡赤水的经验，阐明运动战的思想。他说，党内对失去中央苏区而缺乏胜利信心和存在怀疑不满情绪，是右倾思想的反映；改变中央军事领导的意见，是违背遵义会议精神的。周恩来、朱德等发言，支持毛泽东的意见。他们称赞毛泽东的军事指挥，指出在危急情况下，由于采取兜大圈子、机动作战的方针，四渡赤水，二占遵义，佯攻贵阳，威逼昆明，北渡金沙江，才摆脱了敌人重兵的包围。

讲话间，毛泽东话锋一转，话风一变，批评林彪："你是娃娃，你懂得什么？"[1]宛如狮子吼，居高临下，有霸气，有威严，有震慑力。

"路线是王道，纪律是霸道。"正确的路线方针是"王

---

[1] 中共中央文献研究室编：《毛泽东传》（一），中央文献出版社2011年1月版，第357页。

道"，铁的纪律是"霸道"。林彪是埋怨走"弓背路"的人。他是毛泽东从井冈山带出来的战将，年龄又小毛泽东14岁，毛泽东对他进行训斥，有力有利。在毛泽东的呵斥声中，林彪的浓眉耷拉下来，心领神会，接受批评。毛泽东1930年1月以给林彪回信的形式（收入《毛泽东选集》时命名为《星星之火　可以燎原》），批评队伍中存在的单纯军事观点和流寇思想，回答"红旗打得多久？"的疑问。毛泽东把这封信印发全军学习。林彪应该知道，毛泽东说"你是娃娃，你懂得什么？"，不仅仅是批评他林彪的；其他与会同志也应该能够听明白毛泽东的话外之音、警策之辞。会场中的博古与林彪同岁，这一年，他们都是28岁。

　　会理会议之后，全党全军思想高度统一，意志高度统一，步调高度一致。

　　走出陷阱，走出危境，走出绝境，走向敌人的失败和红军的胜利！

　　随后的大长征中，毛泽东以惊天的气魄排兵布阵，进退杀伐，用兵如神，独领风骚。有人用《三国演义》的典故说调皮话，说毛泽东是曹操，中央成了汉献帝。这话其实是说，党的总负责人张闻天在军事上插不上话，几乎成了汉献帝。这话传到了毛泽东的耳朵里。中央红军与四方面军会师后，毛泽东还将这话说与张国焘听："这种流言是很多的，譬如有人说我是曹操，中央成了汉献帝。"①

旌旗猎猎，雷声隆隆。

毛泽东一边组织打仗，一边理顺中共党内的关系，一边还要思考如何妥善处理中国共产党与共产国际的关系。

毛泽东深知：中共中央斠换了自己的领导人，必须向远方的共产国际报告。

召开遵义会议，事先未向共产国际请示，事后又未向共产国际报告；在鸡鸣三省处又改换了中国共产党的领袖。事关重大。中国共产党属共产国际领导，按照组织关系，中国共产党是共产国际之下的中国支部，因此以毛泽东为首的新的中共中央，必须想办法打通与共产国际的联系，向共产国际报告工作。

1935年2月底3月初，党中央已经决定派潘汉年前往上海，设法同共产国际取得联系，向共产国际报告遵义会议的结果以及红军的情况。

毛泽东思考的是，潘汉年不是遵义会议的代表，他对遵义会议的情况了解得不是那么全面。要向共产国际汇报遵义会议的情况，中共中央显然需要派出级别比潘汉年更高的代表，最好是一位政治局常委。派谁去呢？在毛泽东、张闻天、周恩来、陈云、博古这五位常委之中，毛泽东、张闻天、周恩来无

---

① 张国焘：《我的回忆》（下），东方出版社2004年3月版，第408页。

法离开红军；博古是在遵义会议上遭到批判的对象，让他去汇报显然不合适。张闻天主动提出："我去。"毛泽东不同意。最后，毛泽东与张闻天、周恩来等人统一认识：陈云是最恰当的人选。陈云是遵义会议的支持者，派陈云去向共产国际汇报遵义会议的情况，可以信得过。

5月31日，中共中央负责人召开会议决定派陈云秘密出发，去上海恢复白区党的组织。

在泸定，陈云脱下军装，换上一袭长衫，头戴礼帽，鼻子上架一副金丝眼镜，脚上蹬着一双黑皮鞋，悄悄出发了。中央保卫局的叶子龙看见陈云这一身打扮，脱口而出："这不是……""陈云"两字还没有出口，就被邓发制止了。邓发小声地说："中央决定他们去上海，恢复党组织，然后还要去苏联，向共产国际汇报，以取得共产国际的支持。此事是中央会议决定的。他们是秘密行动，要注意严格保密。既然你知道了，对谁也不能说！"[1]

陈云身怀秘密使命，消失在崇山峻岭中……有的说：陈云同志牺牲了。

---

[1] 叶子龙口述，温卫东整理：《叶子龙回忆录》，中央文献出版社2000年10月版，第10页。

## 黑暗时期：对遵义会议的严峻考验

*张国焘闹分裂，那是最大的困难。那个困难我们也克服了。*

*——毛泽东*

中央红军离开会理之后，5月25日，先头部队红一军团强渡大渡河，飞夺泸定桥，摆脱蒋介石所说的"绝地与死地"。6月17日，毛泽东和朱德、周恩来等翻越夹金山。党中央带领的红一方面军与张国焘领导的红四方面军会师于懋功。

"两大主力军邛崃山脉胜利会合了，

欢迎红四方面军，百战百胜英勇弟兄。

团结中国革命运动中心的力量，

唉！团结中国革命运动中心的力量，

坚决争取大胜利！

万余里长征经历八省险阻与山河，

铁的意志血的牺牲，换得伟大的会合。

为着奠定中国革命巩固的基础，

唉！为着奠定中国革命巩固的基础，

高举红旗向前进！"

陆定一谱写的《两大主力会合歌》，唱出了红军将士会师的喜悦和欢乐。

　　两大主力会师，本来是一件大喜事。可是，彼此的笑容都有些勉强。

　　一方面军，一万来人，破衣烂衫，几杆破枪；四方面军，七八万人，兵强马壮。张国焘怒马鲜衣，看着一方面军破破烂烂的样子，生出几分高傲之气，连他手下的士兵都有些瞧不起中央红军，悄悄地议论："他们打了败仗，连猫和耗子都吃。"

　　张国焘人高马大，仪表堂堂，他像主人对客人一样接待党中央和中央红军。他问周恩来："你们有多少人？"周恩来反问道："你们有多少人？"张国焘答："我们有十万人。"周恩来说："我们只有三万人。"尽管是一家人，兄弟俩都在试探对方，都在夸大自己的实力。

　　张国焘拥兵自重，遂生野心。

　　在6月下旬召开的两河口会议上，中共中央定下"北上"的战略方针。

　　北上还是南下？中央决定迅速北上：北上抗日，同时方便建立与共产国际和苏联的联络。张国焘主张南下，在川西北藏区建立一个苏维埃。中央认为，川西北荒凉，人迹罕见，敌情、地形及居民、给养情况都对我军极端不利，将使红军陷入空前未有之困难环境。

　　张国焘是北京大学毕业的，参加过五四运动，跟毛泽东一样也是中共一大代表。他是鄂豫皖根据地党和红军的最高领导人。杨尚昆说："这个人城府很深，是个脸上没有春夏秋冬的人，也就是说脸上没有表情，说起话来很慢，还哼哼哈哈的，在肚子里打主意，有时又很粗暴，很跋扈。"[1]张国焘自恃人多枪多，兵强马壮，打心眼里瞧不起一方面军，同时他对遵义会议有疑问，毕竟他是政治局委员，但没有参与遵义会议的决策，他知道中央领导层的变动没有经过共产国际的批准。更重要的是，他重兵在握，觊觎最高权力的野心开始膨胀。

一天，毛泽东与张国焘会面时，带着刘英一起去。一见面，毛泽东对张国焘说："我给你带水来了！"张国焘的脑子没转过弯来："什么水啊？"毛主席笑着说："《红楼梦》里的宝二哥不是说男人是泥巴捏的，女人是水做的吗？"[2]说着，指指刘英。张国焘这才恍然大悟，脸色如浮云变幻，不自然地笑起来。

张国焘"伸手要权"的心思，毛泽东看得透彻，他对张闻天说："张国焘是个实力派，他有野心，我看不给他一个相当的职位，一、四方面军很难合成一股绳。"毛泽东分头找政治局的同志商量对策。

张闻天淡然于权位，他说："我这个总书记的位子让给

---

① 杨尚昆：《杨尚昆回忆录》，中央文献出版社2007年7月版，第137页。

② 刘英：《刘英自述》，人民出版社2005年10月版，第82页。

他好了。"

毛泽东断然否定："不行。他要抓军权，你给他做总书记，他说不定还不满意，但真让他坐上这个宝座，可又麻烦了。"①"党中央总书记的职务不能给他，这样革命的政治方向都会改变了。"②

为了维护红军的团结，达成一起北上的目标，中共中央于7月召开芦花会议，任命张国焘为红军总政委。

张国焘依然主张南下。在他看来，北上的前途一片黑暗。他提出一个口号："打到成都吃大米。"

一个要北上，一个要南下；一个真理在手，一个实力在握。谁也说服不了谁。张闻天埋头写了一篇文章《北上南下是两条路线斗争》，一拿出来，就被四方面军政委陈昌浩骂个狗血喷头，连非常粗鲁的话都说出来了。毛泽东又好气又好笑地对张闻天说："你简直是书生气，这样不懂事，现在写这个文章干什么，一点用处也没有。"③毛泽东早在《湖南农民运动考察报告》（1927年3月）中就说过："革命不是请客吃饭，不是做文章⋯⋯"

9月9日，张国焘发给陈昌浩的一份密电被叶剑英看到，

①　刘英：《刘英自述》，人民出版社2005年10月版，第81页。

②　王行娟：《贺子珍的路》，作家出版社1985年12月版，第217页。

③　杨尚昆：《杨尚昆回忆录》，中央文献出版社2007年7月版，第141页。

其中写道："南下，彻底开展党内斗争。"[①]

　　叶剑英看到电文，连忙向毛泽东报告。

　　局势紧急！如被裹挟南下，张国焘一手遮天，局面将不可收拾。

　　一个要南下，一个要北上，红军面临分裂。一旦打起来，红军打红军，后果不堪设想。毕竟，一方面军的人马不及四方面军的三分之一。更何况，红军一、四方面军打乱编制，成立左路军、右路军——左路军由朱德、张国焘指挥，以四方面军为主，部分一方面军的部队也在其中；右路军以一方面军为主，其中也有四方面军的同志，右路军总指挥徐向前、政委陈昌浩都来自四方面军。中共中央随右路军行动。

　　怎么办？张闻天一筹莫展。

　　毛泽东果断拍板：走为上！

　　非常形势，必有非常之人，非常之举。走！三十六计走为上计。走，是毛泽东的拿手好戏。井冈山之"走"，反"围剿"之"走"，四渡赤水之"走"……如今是北上之"走"，与张国焘分手之"走"，金蝉脱壳之"走"。这个"走"，是突然的、秘密的、非常规的。这一走，将与张国焘分道扬镳，还要冒着与右路军中四方面军部队起冲突的危险，而且还必须暂时舍弃左路军中朱德、刘伯承及其所率领

---

[①]　中共中央文献研究室编：《毛泽东传》（一），中央文献出版社2011年1月版，第366页。

的一方面军部队。

9月10日凌晨，月色皎洁，战士无哗衔枚走。毛泽东等率右路军中的红一、红三军团轻手轻脚悄然行动，管制灯火，秘密北上。因为担心红军打红军，部队出发时瞒着右路军中的四方面军部队，包括总指挥徐向前、政委陈昌浩。陈昌浩、徐向前察觉到一、三军团在秘密行动，有人主张武力阻拦，徐向前说："哪有红军打红军的道理！"[①]

天蒙蒙亮，毛泽东、彭德怀率领的中央纵队经过红军大学驻地，被红军大学教育长李特发现。李特是四方面军的，他让司号员吹集合号，气势汹汹地问："你们为什么开小差？不要脸的逃跑主义，从江西跑到这里还不够，还要逃到哪里去？"

彭德怀说："放屁，老子北上抗日……"

正争吵，四方面军的学员拿着枪上来了。李特手里提把手枪走向毛泽东。

军事顾问李德见状，二话没说，双手抱住李特，把他拖到一边。李德身高一米九多，也带着武器，李特不是他的对手。

彭德怀对李特说："你们敢开枪，老子就先枪毙了你！"

毛泽东镇定自若地对李特和五六十个学员说："大家安静下，让我给你们说几句话。"他说，"你们的张总政委要南

---

① 杨尚昆：《杨尚昆回忆录》，中央文献出版社2007年7月版，第144页。

下，到成都坝子去吃大米，我们要北上。你们要不愿跟着我们走的，可以回去。我告诉你们，四川坝子敌人有重兵，你们冲不出去；我们现在向北走，给你们开路，我估计不出一年，你们也会跟着我们北上。我这里有《北上告同志书》，你们每人拿一份，回去告诉张总政委，道理就在这上面。"①毛泽东这样一说，气氛缓和下来。

甩掉李特，刚走二十多里，中央纵队突然发现有一支百余人的部队尾随而来，部队顿时紧张起来。喊话一问，是四方面军军事法院的。毛泽东和蔼地问，为什么来这里？那个法院院长板着面孔说，四方面军军事法院在两军会合后划归中央纵队指挥，现在不知如何是好了，我们不愿意离开四方面军。毛泽东说："我们北上抗日，张总政委不愿去，那你们就回他那儿去吧。"法院院长迟疑了一会儿，问毛主席有什么话对张总政委说。毛泽东说："你告诉大家，北上抗日是党中央的决定，是完全正确的。你们现在南下，将来还是会北上的。我们先走一步，等待你们到来。"

由于担心被四方面军的部队追击，毛泽东率部队一口气"走"了一天多，一百多里。毛泽东心头涌出古人的诗句："西北望，射天狼。"

9月12日，党中央在俄界开会统一思想，决定继续北上。

① 杨尚昆：《杨尚昆回忆录》，中央文献出版社2007年7月版，第143-144页。

张国焘则率领自己的人马南下。10月5日，他在四川理番县另立"中央"、"中央政府"和"中央军委"，宣布"开除"毛泽东、周恩来、张闻天、博古的党籍，并下令"通缉"他们。

消息传来，许多人惊出了一身冷汗。这时，张闻天等人感觉到毛泽东的深谋远虑。如果不是毛泽东阻拦，张闻天把总书记让给了张国焘，张国焘以总书记的名义召集会议，他成立的"中央"是不是伪中央就复杂化了……现在张国焘作为红军总政治委员开会成立"中共中央"，是僭越之举，这为他的身败名裂埋下了伏笔。

毛泽东说："张国焘闹分裂，那是最大的困难。"[①]他把张国焘分裂看作是"最黑暗的时期"。

张国焘的分裂，也检验了遵义会议的"成色"：毛泽东以高超的政治艺术妥善处理了危机；参加遵义会议的20位同志，包括一度有不满情绪的李德、凯丰，都是坚决反对张国焘分裂的。

朱德、刘伯承面对着更为复杂的局面。他们没能北上，而是随张国焘南下，面对面地反对张国焘的分裂活动。

"朱毛不可分。"朱德对张国焘说："党中央北上抗日的方针是正确的。现在日本帝国主义侵占了我国的东三省，

---

① 中共中央文献研究室编：《毛泽东文集》（第八卷），人民出版社1999年6月版，第213页。

我们红军在这民族危亡的关头，应该担当起抗日救国的重任。北上决议，我在政治局会议上是举过手的，我不能出尔反尔。我是共产党员，我的义务是执行党的决定。"[①]"大家都知道，我们这个'朱毛'，在一起好多年，全国全世界都闻名。要我这个'朱'去反'毛'，我可做不到呀！"[②]

朱德在延安时回忆说："红军长征时，一、四方面军会合，一方面军艰苦奋战只剩万把人了，四方面军有七八万人，张国焘仗着人多枪多，向中央闹独立、搞分裂，毛主席多次在政治局会议上严肃批评、耐心教育都没有成功。他张国焘还强迫我同他一起反对毛主席，我当时就严厉地对他说，朱毛是不分的，中央北上抗日我是举过手的，是正确的，我不能跟着你反对毛主席、党中央。"[③]毛泽东高度评价朱德同张国焘作斗争的功绩。他说："总司令当时是临大节而不辱。"[④]"度量大如海，意志坚如钢。"[⑤]

---

① 中共中央文献研究室编：《朱德传》，人民出版社、中央文献出版社1993年8月版，第427页。

② 中共中央文献研究室编：《朱德传》，人民出版社、中央文献出版社1993年8月版，第426-427页。

③ 雷英夫、陈先义：《统帅部参谋的追怀》，江苏文艺出版社1994年1月版，第25页。

④ 陈毅：《向朱总司令学习》（一九四八年五月十四日），《中央档案馆丛刊》1986年第2期。

⑤ 中共中央文献研究室编：《毛泽东年谱（一八九三——一九四九）（修订本）》（上卷），中央文献出版社2013年12月版，第660页。

刘伯承在逆境中和朱德一起同张国焘的分裂活动进行斗争，被张国焘解除总参谋长职务，调任红四方面军红军大学校长。

张国焘另立"中央"，这个巨大的政治污点，已经抹不掉了。一年后，南下的张国焘连打败仗，损兵折将，没有"大米"可吃，走投无路，只好北上，投奔陕北的中共中央。

# 历史选择了毛泽东

要打赢仗，如不打赢仗谁听你的话？

——毛泽东

毛泽东成为领袖，不是共产国际赐封，不是某个人分封，也不是自封，是历史之"封"。

张闻天说："我们的党经过艰苦曲折的过程，终于找到了正确的领导人，有了毛泽东同志的领导，我们不但能够战胜长征路上的危难，而且能够克服往后革命路上的种种困难。"[①]

"要找到一个像毛泽东这样能够把马列主义的理论和实际的中国革命经验结合起来的人物是不大容易的。"[②]周恩来说："毛主席取得领导地位，是水到渠成。"[③]

中国共产党一直在寻找一位能够把马列主义的理论和实际的中国革命经验结合起来的人物。最终，选择了毛泽东。

---

① 吴黎平：《蕴藏在心底的话》，载湖南人民出版社编《怀念张闻天同志》，湖南人民出版社1981年4月版，第33页。

② 《同美国〈纽约时报〉联合主编哈里森·索尔兹伯里等人的谈话》（一九七二年六月十六日），载中共中央文献研究室第二编研部编《周恩来自述——同外国人士谈话录》，人民出版社2006年7月版，第225页。

③ 周恩来：《党的历史教训（节录）》（一九七二年六月十日），载中共中央党史资料征集委员会、中央档案馆编《遵义会议文献》，人民出版社2009年7月版，第72页。

这是全党的选择，是时代的选择，也是历史的选择。

乾坤浩荡，江山如画，一时多少豪杰。中国共产党内，人才济济；遵义会议上，群星闪烁。《易经·乾》曰"见群龙无首，吉"，讨论的是哲学问题。作为一个政党，尤其是"打天下"的革命政党，还是需要一个"龙首"。遵义会议以及遵义会议之后的革命历史，锤炼出生龙活虎般的领导集体——他们个个都有坚如磐石的信仰，个个都是勇于为不朽事业献身的龙虎之辈。毛泽东赢得了"群龙"的拥戴，成为"群龙之首"。所以朱德赋诗说"群龙得首自腾翔"。

毛泽东，他是"群龙"中的"龙首"。

毛泽东，他在"群山之上"。

博古完成了他作为中共领导人的历史使命。博古与毛泽东，一个是几乎没有党内军内工作经验的年轻人，一个是参与建党建军的资深革命者；一个有共产国际的后台背景，一个对共产国际颇有些怨气；一个是年轻的革命知识分子，一个是革命的"老童生"；一个书生意气不会打仗，一个是游击大师游击战士；一个的学问是从书本学来的，一个"毕业于丛林大学"（毛泽东语）；一个崇拜本本、有教条主义倾向，一个是"革命的功利主义者"①；一个没有自己的理

---

① 毛泽东《在延安文艺座谈会上的讲话》中说："世界上没有什么超功利主义，在阶级社会里，不是这一阶级的功利主义，就是那一阶级的功利主义。我们是无产阶级的革命的功利主义者，我们是以占全人口百分之九十以上的最广大群众的目前利益和将来利益的统一为出发点的，所以我们是以最广和最远为目标的革命的功利主义者，而不是只看到局部和目前的狭隘的功利主义者。"载《毛泽东选集》（第三卷），人民出版社1991年6月版，第864页。

论体系，一个已经形成了自己的思想体系；一个没有山头也没多少人脉资源，一个有一帮子摸爬滚打出生入死的革命战友……乾坤一摇，两人地位转换，也是历史的必然。

周恩来在1928年中共六大之后一直处于中国共产党的领导层，一直是毛泽东的上级。周恩来最终选择和拥戴毛泽东。毛泽东善于战略谋划，周恩来长于战术操作；毛泽东举重若轻，周恩来举轻若重；毛泽东天马行空，周恩来脚踏实地；周恩来是辅佐之才，毛泽东是不世出的帅才全才。毛泽东如炽热之夏冷酷之冬，周恩来如温暖之春。天生周恩来，就是让他来做乾坤帮手。

王明也是中共的领袖人选，但历史没有选择他，而选择了毛泽东。毛泽东与王明，"同源而异派，共树而分条"。王明如芍药，无有傲骨不经霜；毛泽东是梅花，形与势俱佳，傲霜斗雪，有冰雪精神。王明"对塔说相轮"，唯上唯书，凌空蹈虚，以苏联为手眼，亦步亦趋，他瞧不起毛泽东："他不过是一个小小的农民知识分子。他懂什么马克思主义？他的行动和土匪差不多。"毛泽东"直入塔中寻相轮"，从中国问题出发，立足中国大地，抓住农民这个关键，自具手眼，独辟新境，他说："不要把'农民'这两个字忘记了，这两个字忘记了，就是读一百万册马克思主义的书也是没有用处的，因为你没有力量。"[1]王明有"天时"

---

[1] 中共中央文献研究室编：《毛泽东在七大的报告和讲话集》，中央文献出版社1995年4月版，第106-107页。

（共产国际的支持）而无"地利"（他很长时间不在国内，不熟悉中国这片土地）和"人和"（他几乎没有一起出生入死的同志），意志也不够坚定；毛泽东天时地利人和俱备，党内军内人脉旺盛，理论接地气，意志有浩气，文字有生气，性情幽默而有刀枪剑气，还有一股泼辣气。度德量力，共产党选择了毛泽东，而没有选择王明。

朱德、彭德怀等也具备领袖素质，事实上他俩一直都是军队的领袖人物。朱、彭都是堂堂丈夫，赳赳武夫。与毛泽东相比，他们横刀立马有力而运筹帷幄稍弱，能够取人项上头颅而不能夺人魂魄，可以逐鹿中原或战胜一方而不足以问鼎天下。毛泽东文武兼备，更具政治头脑，更善于将将，更善于决胜千里之外，其深刻的洞察力、超人的预见力以及对于人群的巨大吸引力，非一般武人可望其项背矣。鼎之轻重，润之问焉。以朱德、彭德怀为代表的革命军人拥戴毛泽东为最高统帅。

张国焘也是领袖人选。毛泽东与张国焘，同时参加建党，两人起步时几乎势均力敌，都是从工农兵中走出来的知识分子中的佼佼者。张国焘是当时中共领导人中唯一被列宁专门接见过的人，算是头角峥嵘之士，曾经一路春风，惜乎主义不坚，一遇波折，信念瓦解，膝盖一弯"扑咚"跪倒在敌人脚下，跌落为下流；而毛泽东气象恢宏，身处天崩地解的时代，对革命前途葆有坚定的信心，力大开山，如愚公移山，百折不挠，越战越勇。毛泽东比张国焘更熟悉策略，更懂得忍耐，更具远见卓识和奋斗到底的精神。

至于"小个子"邓小平，他是"历史老人"在遵义会议一角埋下的"伏笔"，是"马克思"为中国共产党准备的毛泽东之后的领导集体的核心……

红军不怕远征难，万水千山只等闲。

毛泽东与张闻天，一个掌军，一个管党。

张闻天任职于败军之际，受命于危难之时，由于长期做理论工作，在军事上存在严重的短板，实际工作经验较少，在武装斗争、秘密工作中都难以提出深谋远虑的方针政策，在党内军内的资历、功绩、人脉，都无法跟毛泽东相比。张闻天对"左"倾错误认识和觉醒较早，他主动腾开位置，给正确路线让道。其间，张闻天实际上已经成为配角。

长征中，面临国民党军队的围追堵截，天天打仗，最主要的是军事斗争，能打胜仗，生存下来，才是头等大事。"当时剩下的只有军队。党也好，群众也好，都在军队里。决定我们死活的问题是军队。""当时党的一切在军队，军队打了败仗一切都垮，打了胜仗一切都可以解决。"①毛泽东指挥三军，如臂使手，渐入妙境。

---

① 陆定一：《关于遵义会议决议的报告》（一九四四年在延安中央党校对二、四部学员作的报告），载中共中央文献研究室编《建党以来重要文献选编》（第十二册），中央文献出版社2011年6月版，第67、75页。

有人对张闻天几乎无条件地尊重和拥护毛泽东有议论、有看法，讥笑说："闻天是个泥菩萨。"张闻天说："真理在谁手里，我就跟谁走。"①张闻天是打心底里佩服毛泽东啊。他发现，过去共产党的几任主要领导人有一个共同的缺点是原版翻卖共产党老祖宗的理论，却不知道怎样将其活用到中国的革命中来，而毛泽东知道马克思主义如何"中国化"。他说："实践证明，用马列主义解决中国革命问题，还是毛主席行。"②

"洛甫是不争权的。"③毛泽东说，"洛甫这个人讲民主，开会让人畅所欲言，作总结时能把我的意见总结进去，我送他一个雅号，叫做'开明君主'。"毛泽东还叫洛甫为"有道明君""明君"。那时候毛泽东喜欢说"明君"这个词。他后来在抗日军政大学演讲说："如果朝廷里是贤明皇帝，所谓'明君'，那就会是忠臣当朝，这就是正当的，用人在贤；昏君，必有奸臣当朝，是不正当的，用人在亲，狐群狗党，弄得一塌糊涂。"④刘英嫁给张闻天后，毛泽东戏

---

① 刘英：《刘英自述》，人民出版社2005年10月版，第128页。

② 刘英：《生命虽逝　业绩永存——深切怀念张闻天同志》，载湖南人民出版社编《怀念张闻天同志》，湖南人民出版社1981年4月版，第5页。

③ 刘英：《刘英自述》，人民出版社2005年10月版，第128页。

④ 毛泽东1938年8月2日对抗大四期一、二队及随校毕业同学的讲话。载《毛泽东同志在抗大讲话记录稿介绍（下）》（一九三八年八月二日），《中央档案馆丛刊》1986年第2期。

称她"娘娘"。毛泽东主管军事，他半是认真半是戏谑地自封为"大帅"，人称"毛大帅"①。这些话语反映了遵义会议之后党内的亲密无间、生动活泼，以及同志之间团结和谐的关系。

选择领袖，就是为了选择胜利。朱德在遵义会议上说："如果继续这样的领导，我们就不能再跟着走下去！"没有人愿意跟着"这样的"——老打败仗的领袖。革命必须选择能打胜仗的领袖，否则，革命永远无法成功。革命者必须选择能打胜仗的领袖来追随，否则，只能是"亡头"，乃至"亡党"。

毛泽东后来说过一句箴言，与朱德的话语遥相呼应，一体两面。

毛泽东是这样说的："要打赢仗，如不打赢仗谁听你的话？"②

大哉此言！毛泽东这个通俗直白的说法，说出了打胜仗与领导人的关系，听话与不听话的关系，跟着走与不跟着走的关系，说出了最根本的利益关系与利害关系。这句浅显的话语，道出了"听话""跟着走"的动力源，道出了"领

① "明君""娘娘"之谓，载刘英《刘英自述》，人民出版社2005年10月版，第128页。"大帅"之说，载梁衡《张闻天：一个尘封垢埋却愈见光辉的灵魂》，见《梁衡评点中国历史人物》，湖南人民出版社2011年12月版，第76页。
② 中共中央文献研究室编：《毛泽东年谱（一九四九——一九七六）》（第五卷），中央文献出版社2013年12月版，第517页。

袖"（领导）全部活动的目的与真谛：打赢仗！

天下没有常胜将军，偶有失败也没有关系，但胜仗必须多于败仗，追随者的收益必须大于付出。毛泽东1942年春在延安军政大学总结说："世界上的将军没有一个没打过败仗的。在三仗中打两个胜仗、一个败仗就是好的，有威信，两败一胜就差一些。"[①]1959年在中央工作会议上说："打仗，世界上没有从来不打败仗的将军。打三仗，一败二胜，就建立了威信；如果一胜二败，就建立不起来。"[②]这句话可以认为是对什么叫"打赢仗"的具体说明。

长征结束半个世纪后，邓榕问他的爸爸邓小平："长征的时候你都干了些什么工作？"邓小平回答了三个字："跟到走。"[③]"跟到走"，是跟着正确路线走，跟着能够"打赢仗"的人走，具体来讲就是跟着毛泽东走。从朱德在遵义会议上说的"不能再跟着走下去"，到邓小平说的"跟到走"，中国共产党人选择了自己信赖的领袖。

长征的领导团队中，张闻天、博古等具有共产国际和苏联背景，都饱读马列经典；周恩来等一直在中共的领导层，

---

① 刘学琦主编：《毛泽东风范词典》，中国工人出版社1991年5月版，第323页。

② 中共中央文献研究室编：《毛泽东年谱（一九四九—一九七六）》（第四卷），中央文献出版社2013年12月版，第97页。

③ 毛毛：《我的父亲邓小平》（上卷），中央文献出版社1993年8月版，第353页。

威信极高；朱德、彭德怀等身经百战，一身血性……这些人个个峥嵘，顶天立地。毛泽东为什么有威信？毛泽东为什么能够领导他们？他们凭什么信服毛泽东？他们为什么跟着毛泽东走？毛泽东有什么"魔法"？

归根到底是：打赢仗。

如何打赢仗？靠坚定的信念，靠正确的路线，靠灵活机动的战略战术，当然更离不开军事家审时度势的周密谋划。

遵义会议之后，毛泽东成为"红军之神"。"逢毛必胜，有毛则灵"，选择毛泽东就是选择胜利。革命者走在大路小路崎岖之路上，向前进，向前进，革命气势不可阻挡，朝着胜利的方向。

有位外国作家评价毛泽东说，正如一个雕刻家雕塑石头泥块那样，他塑造了革命。

"长夜难明赤县天，百年魔怪舞翩跹。"这是毛泽东眼中的赢弱混乱的中国。

"问苍茫大地，谁主沉浮？"这是毛泽东的"国运之问"。

"数风流人物，还看今朝。"这是毛泽东的胜利宣言。

毛泽东，他有"敢教日月换新天"的崇高理想，他有"要扫除一切害人虫"的远大目标，他有"唤起工农千百万，同心干"的思想魅力，他有"要将宇宙看稊米"的博大胸襟，他有"横扫千军如卷席"的运筹帷幄，他有"指点江山，激扬文字"的如椽大笔，他有"上疆场彼此弯弓月"的毛瑟精兵，他有"一跃冲向万里涛"的豪情壮志，他有引发"四海翻腾云水怒，五洲震荡风雷激"的巨大力量。最终，他将打造一个"江山如此多娇""风景这边独好"的美好世界。

在毛泽东的旗帜下，"红军不怕远征难，万水千山只等闲"的大长征胜利了。"百万雄师过大江""天翻地覆慨而慷"的胜利画卷在锦绣大地徐徐展开，一个"一唱雄鸡天下白"的新中国在胜利的礼炮声中诞生了……

# 拜访遵义会议会场

## （代后记）

或者生，或者死。胜则生，败则死。

第五次反"围剿"失败，中共中央和中央红军被迫进行战略转移。本来是想从中央革命根据地转移到湖南，建立一块根据地。湘江血战后，红军仅剩下三万来人。在湖南站不住，只好转向广西，途中又遭有力拦截，只好转向贵州。三万多人马，没有退路，没有后方，没有明确的前方，没有稳定的补给，没有可靠的兵源补充，没有歇脚之地。队伍一路败走，人心惶惶，军心不稳。大家都感到，再这样下去，队伍就散了，革命就完了。

中国革命正处在生死存亡的关键时刻。

关键时刻，毛泽东说：讨论失败！

关键时刻，王稼祥说：把博古、李德"轰"下来！

红军占领遵义。趁着"围剿""追剿"红军的敌人还没有到来，中国共产党抓住这个难得的间隙，通过开会来解决生死存亡这个重大问题。庄严的事情需要庄严的形式，这就有了著名的遵义会议。

会场在黔军师长柏辉章的公馆。柏公馆的主楼是一座砖木结构、中西合璧的两层楼房。

"这个客厅满打满算27平方米，改变中华民族命运的遵义会议就是在27平方米的会场里召开的。"讲解员指着二楼东侧的长方形客厅说。

"应该是28平方米。"我说。看到她疑惑的目光，我解释道："与会的杨尚昆回忆说，军事顾问李德坐在门边上，椅子跨着门槛，门里头一半，门外头一半。客厅的面积加上李德半个身子在门外的面积，应该是28平方米。"

大家都笑起来。其实，27平方米或者28平方米，不是主要问题。我说28平方米，是因为想起了毛泽东。"毛泽东"三个字的繁体是28画，他的笔名是"二十八画生"，他参加建党时28岁；中国共产党建党28年打下江山；毛泽东的大儿子28岁牺牲在抗美援朝战场。这种数字上的巧合，与中国人喜欢传奇的心理相符。

1935年1月15日到17日，在这个28平方米的空间中，中国共产党人召开了改变历史走向的遵义会议。大敌当前，军事要紧。会议研究的是军事问题，用毛泽东的话说是"讨论失败"：为什么打败仗？如何不再打败仗？如何才能打胜仗？归根结底是如何转败为胜？

28平方米的空间里，坐着20人。他们都是中国革命的精英分子，是蒋介石正在"追剿"的"匪"——"共匪""毛匪"。他们是"匪"——是向旧社会造反的"匪"，是元气淋漓、朝气蓬勃的中华民族的脊梁。

这是我第二次来到遵义会议会场。第一次是十几年前，是初见，是好奇，我一个空位一个空位地"观看"遵义会议的与会者。这次是为了追寻遵义会议的真谛，为了写《遵义三日》专程而来。不敢轻狂，不敢怠慢，我以拜谒之心一个座位一个座位地"追寻"和"拜访"与会者。透过一无所有的空气，我"看见"会场上的旧痕迹，"看见"空空的座位上每一个与会者的姿势与神情，"听见"他们粗粗细细的呼吸。我还看见，会场没有鲜花。

我"看见"一幅"遵义开会图"，不由得感叹：这28平方米的尺幅里，祥云缭绕，红星闪烁，群龙飞翔，处处都是兴奋点——

博古，坐在长条形会议桌中间。从他的脸色看得出来，他是会场上最难堪最难受的角色。博古主持会议，并作"主报告"——关于第五次反"围剿"的总结报告。作为党的总负责人，作为指挥第五次反"围剿"的领导人，作为几乎把党和红军带向绝路的领导人，他需要解释：第五次反"围剿"为什么失败了？中央苏区如何丢掉了？28岁的博古显然不愿意承担失败的主要责任，他在报告中把第五次反"围剿"的失败归咎于国民党在数量上的绝对优势等客观因素。他也批评了自己在军事指挥上的错误，但更多的是为自己辩护和开脱。与会的绝大多数同志不同意博古的报告。随后三天的会议，博古如同躺在手术台上，被革命同志一寸一寸地解剖。博古倾听对他的批评，同时他不同意对他的某些指责；他尊重大家发表意见，同时他不同意某些意见；他无法掌控与会者的意见，但同时也坦率地表达自己的不同意见。博古主持会议，尊重集体领导，没有利用职权压制不同意见，特别是没有阻拦一个即将降临到他身上、对他十分不利却对中国革命十分有利的决议——《中共中央关于反对敌人五次"围剿"的总结的决议》，表现出一个共产党人优秀的政治品格。这次会议一开，他的总负责人位置就坐不稳了……

长条形桌子的中间位置，坐着周恩来。周恩来是"中央三人团"成员之一、书记处书记、军委副主席、红军总政委。他在会议上作"副报告"。白天忙于军务、准备打仗，会议都是晚上进行的。天花板上吊着一盏油灯，映照着周恩来严峻的面孔。他坦率地承认第五次反"围剿"失利的主要原因是军事领导的错误。他在对李德、博古进行不点名批评的同时，主动认领军事指挥上的错误和责任。他将"讨论失败"的议题引向深入。周恩来在1928年中共六大之后一直处于中国共产党的领导层，第五次反"围剿"失败、中央苏区丧失，他有责任；红军离开根据地，一路败走，血染湘江，他有责任。在党和红军生死存亡的关键时刻，支持召开遵义会议，他有功劳；在遵义会议上发言，请毛泽东出山，他有功劳。遵义会议后，毛泽东对红一师师长李聚奎说："这个会议开得很好，解决了军委的领导问题。这次会议所以开得很好，恩来同志起了重要作用。"

张闻天（洛甫）当时在党内是博古、周恩来之后的第三号人物。他也坐在长条形桌子中间的位置。他代表毛泽东和王稼祥发言，发出了遵义会议的"第一重炮"。他系统地批评第五次反"围剿"和长征途中的错误军事领导，彻底否定单纯防御的军事路线。毛泽东把张闻天的发言称为"反报告"。"反报告"，是一个入木三分的说法。这个定性，说出了张闻天的报告是与博古的报告相反的报告，是一篇向错误军事路线"造反"的报告。遵义会议后不久，张闻天取代博古，成为中国共产党的第五任领导人。

毛泽东是遵义会议的灵魂人物。他扭动一下高大的身子，身下的椅子发出吱嘎声。他在会议上的报告被称为"定调报告"。他说："导致第五次反'围剿'失败和大转移严重损失的原因，主要是军事上的单纯防御路线，表现为进攻时的冒险主义，防御时的保守主义，突围时的逃跑主义。"毛泽东深挖失败的原因，阐明转败为胜的方略。仿佛大量的光涌进屋子，会场一下子明亮起来。那椅子的吱嘎声，像是转动地球轴心的吱嘎声。毛泽东自1931年以来一直被排挤被打击，他形象地说："他们把我这个木菩萨浸到粪坑里，再拿出来，搞得臭得很。那时候，不但一个人也不上门，连一个鬼也不上门。我的任务是吃饭、睡觉和拉屎。还好，我的脑袋没有被砍掉。"排挤毛泽东的领导，放弃毛泽东的战略战术，导致第五次反"围剿"失败，导致革命根据地丧失。失败否定打败仗的领袖，指战员呼唤打胜仗的领袖。面对一浪高过一浪的呼唤毛泽东"出山"的声音，毛泽东深吸一口烟，又吐出来，他说："不行。我身体不好，有病。"他把腿伸向附近的火盆，温暖冻僵的双脚。他的确有病，但更多的是讲究策略，是不要虚名而担当实责。遵义会议"事实上确立了毛泽东同志在党中央和红军的领导地位，开始确立以毛泽东同志为主要代表的马克思主义正确路线在党中央的领导地位，开始形成以毛泽东同志为核心的党的第一代中央领导集体"。毛泽东成为"群龙"的"龙首"。以遵义会议为标志，毛泽东的人生为之一转，由低谷转向辉煌。

王稼祥是躺在藤躺椅上参加遵义会议的。毛泽东评价王稼祥说："他是有功的人。他是教条主义中第一个站出来支持我的。遵义会议上他投了关键的一票。"遵义会议并没有进行投票表决。毛泽东说"关键的一票"，是一种比喻，是政治修辞，意思是说王稼祥在提议召开遵义会议，提议把博古、李德"轰"下来等问题上起到了关键作用。

　　红军总司令朱德参加了遵义会议。历来谦虚稳重的朱德，在发言中说了一句震惊满场、充满兵气的话："如果继续这样的领导，我们就不能再跟着走下去！"这是最关键时刻最关键的话。这是朱德一生说得最为震撼的话。一向沉稳的朱德，以一言九鼎的重言表明对毛泽东的支持。朱德后来赋诗曰："群龙得首自腾翔。"

　　陈云是以中央政治局委员的身份参加遵义会议的。红军占领遵义以后，他还兼任遵义警备司令部的政治委员。陈云发言表态：支持毛泽东。陈云起草的《遵义政治局扩大会议传达提纲》与张闻天起草的《中共中央关于反对敌人五次"围剿"的总结的决议》，是遵义会议保存下来的两份最重要的历史文献。红军夺取泸定桥后，陈云被中央政治局秘密派遣去莫斯科，向共产国际汇报遵义会议的情况，为取得共产国际对遵义会议的认可作出了重要贡献。

　　刘少奇是以中央政治局候补委员的身份参加遵义会议的。长征前他主要负责白区和工运工作，长征时在中央的地位并不显赫。刘少奇在会上发言。他要求中央全面检查四中全会以来，特别是五中全会后，对白区的工作重视程度以及在白区党的路线是否正确。这种认识无疑是正确的。但是，如果在这个会议上讨论政治路线，必然涉及共产国际，涉及张闻天、王稼祥等人，事情就复杂化了。这不符合毛泽东在遵义会议上解决军事问题的主题，也不符合毛泽东的策略。毛泽东拦住了刘少奇的话头，他说，还是集中力量检讨军事路线。

邓发是中央政治局候补委员、国家政治保卫局局长，是一位忠诚而干练的革命家。他在会议上表态，拥护毛泽东等人的正确主张。

共产国际派来的军事顾问李德是被"通知"来"列席"会议的。他的身份是列席，而不是像从前一样被请来参加和指导会议；会议的议题没有事先征求他的意见，更没有像从前一样得到他的批准。他走到会场门口，往里一看，埋头看稿子的博古、满脸胡子的周恩来、戴着深度眼镜的张闻天、头发长长的毛泽东、躺在藤躺椅上的王稼祥等，都围坐在会场大桌子周围，只有会场门口处还有两个空位，显然是留给他和翻译的，而从前，他都是坐在会议桌的中间位置——"座位中的政治"，他懂。他板着脸坐下来，通过伍修权的翻译，听大家的意见。他不同意第五次反"围剿"失败的定论——他是第五次反"围剿"战略战术的制定者和指挥者，他不愿意承担失败的责任。失败毕竟是残酷的现实。失败的现实使李德从"太上皇"的位置上跌落下来。无可奈何花落去。身高一米九的李德身子缩在一起，一个劲地抽闷烟……伍修权是李德的俄文翻译，他见证了遵义会议的全过程。

会场中有浓浓的烟味儿，毛泽东在抽烟，李德在抽烟。不，不，不仅仅是烟味，更多的是硝烟的味儿——是与会的红军指挥员从战场带进会场的。参加遵义会议的指挥员有：总参谋长刘伯承，总政治部代主任李富春，一军团军团长林彪、政委聂荣臻，三军团军团长彭德怀、政委杨尚昆，五军团政委李卓然。

彭德怀是作为红三军团军团长参加遵义会议的。他和杨尚昆驻守在乌江北岸刀靶水的尚嵇镇，离遵义有20多公里，是骑马赶来的，晚到半天。彭德怀在第五次反"围剿"中骂李德瞎指挥，是"崽卖爷田心不痛"。会议发言中，彭德怀发言批评"左"倾领导者和李德在军事指挥上的错误，拥护毛泽东的正确主张。正开着会，彭德怀接到红三军团六师的报告，在遵义城南刀靶水、乌江沿岸执行警戒任务的六师突然遭到国民党中央军吴奇伟部的袭击和轰炸，形势紧迫。彭德怀立即赶回指挥部指挥战斗，保卫遵义会议继续进行。

刘伯承参加了会议。他和李德毕业于同一所学院——苏联伏龙芝军事学院。在第五次反"围剿"中，刘伯承反对李德的瞎指挥，因此被撤销红军总参谋长职务，贬到红五军团担任参谋长。湘江战役后，他重新担任红军总参谋长，并兼任军委纵队司令员。他发言支持毛泽东、张闻天。

聂荣臻因为脚伤，坐担架来参加会议。他批评李德、博古在战争中瞎指挥，支持毛泽东出来指挥红军。刘伯承、聂荣臻还提出建议，红军打过长江去，到川西北去建立根据地。会议根据当时的形势，接受了他们的建议。

李富春担任红军总政治部代主任。他在会议上发言，批判"左"倾军事路线、支持毛泽东出来领导全党全军。翻译伍修权回忆说："会上的其他发言，我印象中比较深的是李富春和聂荣

235

臻。他们对李德那一套很不满，对'左'倾军事错误的批判很严厉。""他们都是积极支持毛泽东同志的正确意见的。"

杨尚昆以红三军团政委的身份参加了遵义会议。他作了批判"左"倾军事路线、支持毛泽东出来领导的发言。他回忆说："我是1934年1月到三军团的，过去没有学习过军事，到军队工作时间不长，又没有参加毛主席领导下的第一、二、三次反'围剿'战争。但是，在遵义会议上，在两条军事路线的强烈对比中，我深刻体会到以毛主席为代表的军事路线的英明正确。对我来说，参加遵义会议是上了极好的一课。"

林彪与会。美国作家索尔兹伯里在《长征——前所未闻的故事》中说："林彪在会上支持毛泽东主张解除博古和李德职务的建议。"

红五军团政委李卓然赶到遵义时，会议已经开始。开会前，他先去见毛泽东。李卓然回忆说："毛泽东在他的卧室接见了我，他正患感冒，头上缠着一条手巾，尽管在病中，但他仍然专注地听我汇报。当我谈到部队已是怨声载道时，他笑说：'怨声载道啰，对领导不满意啦？'我说：'是的。'他又说：'那你明天在会议上讲一讲，好不好？'毛泽东同志肯定了我反映的情况很重要，并要我在会议上发个言。"晚上，李卓然参加会议，他发言说："我来迟了，没听到博古和周恩来的报告。今天听了一些同志发言，如朱总司令讲得好，突围出来的军事战略很成问题，一路畏敌逃跑，我们五军团担任全军后卫，牺牲极惨，三十四师为掩护中央过江，几乎全军覆没，有几个人生还？挑子、辎重一大摊，我们走在后面十分困难，一天走不上一二里地，老挨敌人袭击，下面怨声载道……李卓然用具体事例批判了错误军事路线造成的恶果，反映五军团指战员要求改变领导的呼声。

何克全（凯丰）是遵义会议主旋律中"不和谐"的声部。相争为党，和而不同。凯丰单枪匹马，支持博古和李德。他在会议前和会议中间几次找聂荣臻谈话，要他在会上发言支持博古。聂荣臻没有答应。凯丰对博古说："聂荣臻这个人真顽固。"会议中，凯丰听大家说毛泽东打仗有办法，看到大家力推毛泽东，他不服气地说："毛泽东打仗的方法并不高明，他是照着《孙子兵法》《三国演义》打仗的。"毛泽东一听，立即反问道："你说《孙子兵法》，请问，《孙子兵法》共有多少篇？第一篇的题目叫什么？"毛泽东的意思是说，你说我照着《孙子兵法》打仗，那你一定读过《孙子兵法》。凯丰答不上来，因为他没有读过《孙子兵法》。其实，毛泽东那时也没有读过《孙子兵法》。

邓小平是以中共中央秘书长的身份参加会议的。他坐在屋子的一角，埋头记录。

大道之行，立党为公。每个人都充分表达自己的意见，每个人都认真倾听其他同志的意见。每个与会者直率表达自己的意见而不失风度。批评者与被批评者都表现出崇高的革命风度。

远处传来隐隐约约的枪炮声，没有掌声和欢呼声。会议郑重地作出最后决定：

（一）毛泽东同志选为常委。

（二）指定洛甫同志起草决议，委托常委审查后，发到支部中去讨论。

（三）常委中再进行适当的分工。

（四）取消三人团，仍由最高军事首长朱周为军事指挥者，而恩来同志是党内委托的对于指挥军事上下最后决心的负责者。

扩大会中恩来同志及其他同志完全同意洛甫及毛王的提纲和意见，博古同志没有完全彻底的承认自己的错误，凯丰同志不同意毛张王的意见，A同志完全坚决的不同意对于他的批评。

遵义会议最核心的内容，陈云在《遵义政治局扩大会议传达提纲》中，用了上述一百多个字来表达。字字千钧。这是一个改变中国共产党历史、改变中国历史的决定。如果说1921年7月中国共产党的成立是开天辟地，那么1935年1月遵义会议的召开则是改天换地。天地从此一新。

"群龙得首自腾翔。"遵义会议的"成色"在不久后得到战争的检验。刘伯承回忆说："遵义会议以后，我军一反以前的情况，好像忽然获得了新的生命，迂回曲折，穿插于敌人之间，以为我向东却又向西，以为我渡江北上却又远途回击，处处主动，生龙活虎，左右敌人。我军一动，敌又须重摆阵势，因而我军得以从容休息，发动群众，扩大红军。待敌部署就绪，我们却又打到别处去了。弄得敌人扑朔迷离，处处挨打，疲于奔命。"

几个月后，另一种"黑暗"也来检验遵义会议的"成色"。张国焘分裂党中央、分裂红军。这个严峻的时刻，被毛泽东称为"最黑暗的时期"。全党全军团结在毛泽东周围与张国焘作斗争。参加遵义会议的20位同志，包括对遵义会议有不满情绪的博古、李德、凯丰，全都站在毛泽东一边，坚决反对张国焘的分裂活动。

遵义会议的意义在历史进程中持续地闪烁光芒。以毛泽东为代表的领导集体，带领红军走出死地和绝地，走向陕北。随后，打败了日本侵略者，推翻了以蒋介石为代表的国民党政府，建立了中华人民共和国；不久，打赢抗美援朝战争，一扫中华民族的百年屈辱。

我久久地凝视着遵义会议会场，耳边忽然响起阵阵波浪声。我支起耳朵捕捉这个声音时，它消失了。我想，那是赤水河的涛声，是金沙江的涛声，是大渡河的涛声，是遵义会议掀起的涛声，是长江黄河的涛声，是大浪淘沙的涛声，是创造新世界的历史洪流的涛声，更是中华民族在时代发展潮流中的搏击声。

九十年了，重返遵义会议的现场，看得更加清楚了——坐在遵义会场的每一位与会者，都在扭转乾坤的革命和历史中找到了他们的位置。

这个28平方米的会场，坐着中国共产党的第四任、第五任、第六任领导人：博古、张闻天、毛泽东。

这个28平方米的会场，坐着新中国的三任主席：毛泽东、刘少奇、杨尚昆。

这个28平方米的会场，坐着新中国的总理：周恩来。他创造了一个奇迹：成为中国历史上当总理时间最长的人。

这个28平方米的会场，坐着新中国十大元帅中的五位元帅：朱德、彭德怀、林彪、刘伯承、聂荣臻。

这个28平方米的会场，还坐着共和国人大常委会委员长朱德，以及人大常委会副委员长，党和国家的副主席、国务院副总理、军委副主席。

这个28平方米的会场，还坐着将要改写历史的"小个子"邓小平。他是"历史老人"在遵义会议一角埋下的伏笔，是"马克思"为中国共产党准备的毛泽东之后的领导集体的核心……

列宁说："世界历史的尺度是以数十年来衡量的。"如今我们距离遵义会议已经九十周年。"遵义会议时间"在无限地延伸，江河一样漫过昨天与今天。走出遵义会议纪念馆，我在想，五千年历史中有几个如此灿烂辉煌的思想会场？中国大地上还有这样一个"拥挤"着历史巨人的方寸之地吗？

# 主要参阅书目

《中国共产党中央委员会关于建国以来党的若干历史问题的决议》（一九八一年六月二十七日），人民出版社1981年7月版。

《中共中央关于党的百年奋斗重大成就和历史经验的决议》（2021年11月11日），人民出版社2021年11月版。

《毛泽东农村调查文集》，人民出版社1982年12月版。

《毛泽东新闻工作文选》，新华出版社1983年12月版。

《毛泽东书信选集》，人民出版社1984年1月版。

《毛泽东选集》（一——四卷），人民出版社1991年6月版。

毛泽东：《毛泽东自述》，人民出版社1993年2月版。

《毛泽东军事文集》（一——六卷），军事科学出版社、中央文献出版社1993年12月版。

中共中央文献研究室编：《毛泽东年谱（一八九三——一九四九）（修订本）》（上、中、下卷），中央文献出版社2013年12月版。

中共中央文献研究室编：《毛泽东年谱（一九四九——一九七六）》（一——六卷），中央文献出版社2013年12月版。

中共中央文献研究室编：《毛泽东传》（一——六卷），中央文献出版社2011年1月版。

中共中央文献研究室编：《毛泽东传（1893—1949）》，中央文献出版社2004年6月版。

中共中央文献研究室编：《毛泽东传（1949—1976）》（上、下），中央文献出版社2003年12月版。

中共中央文献研究室编：《建国以来毛泽东文稿》（一——十三册），中央文献出版社1987—1998年版。

中共中央文献研究室编、中共湖南省委《毛泽东早期文稿》编辑组编：《毛泽东早期文稿》，湖南出版社1990年7月版。

中共中央文献研究室编：《毛泽东在七大的报告和讲话集》，中央文献出版社1995年4月版。

中共中央文献研究室编：《毛泽东诗词集》，中央文献出版社1996年9月版。

中共中央文献研究室编：《毛泽东文集》（一——八卷），人民出版社1999年6月版。

中共中央文献研究室编：《毛泽东文艺论集》，中央文献出版社2002年4月版。

中共中央文献研究室编：《毛泽东著作专题摘编》，中央文献出版社2003年11月版。

中共中央文献研究室编：《毛泽东新闻作品集》，新华出版社2014年10月版。

中央文献研究室第一编研部编：《话说毛泽东——知情者访谈录》，中央文献出版社2000年2月版。

《周恩来选集》（上卷），人民出版社1980年12月版。

《朱德选集》，人民出版社1983年8月版。

中共中央文献研究室编：《朱德传》，人民出版社、中央文献出版社1993年8月版。

中共中央文献研究室编：《朱德传》（修订本），中央文献出版社2006年8月版。

中共中央文献研究室编：《朱德年谱（新编本）》（上），中央文献出版社2006年11月版。

《邓小平文选》（第三卷），人民出版社1993年10月版。

中共中央文献研究室编：《邓小平年谱（1904—1974）》（下），中央文献出版社2009年12月版。

中共中央文献研究室编：《陈云传》（上），中央文献出版社2005年6月版。

《刘少奇选集》（下卷），人民出版社1985年12月版。

《刘伯承回忆录》，上海文艺出版社1981年11月版。

《亲情话陈云》编写组编：《亲情话陈云》，中央文献出版社2006年4月版。

陈昌奉口述，赵骜整理：《跟随毛主席长征》，解放军文艺出版社1986年9月版。

陈晋、胡松涛：《毛泽东文谭》，湖南人民出版社2023年11月版。

陈晋：《毛泽东之魂》，中央文献出版社1997年9月版。

郭晨：《万水千山只等闲》，军事科学出版社1993年11月版。

何方：《何方谈史忆人》，世界知识出版社2010年10月版。

黄克诚：《黄克诚自述》，人民出版社1994年10月版。

金冲及：《生死关头——中国共产党的道路抉择》，生活·读书·新知三联书店2016年8月版。

康裕震、欧阳植梁等：《谁主沉浮》，中央文献出版社1993年12月版。

李维汉：《回忆与研究》（上、下），中共党史资料出版社1986年4月版。

李志英：《博古传》，当代中国出版社1994年12月版。

刘英：《刘英自述》，人民出版社2005年10月版。

毛毛：《我的父亲邓小平》（上卷），中央文献出版社1993年8月版。

毛新宇：《我的爷爷毛泽东》（上），湖南人民出版社2023年12月版。

聂荣臻：《聂荣臻回忆录》，战士出版社1983年12月版。

彭德怀：《彭德怀自述》，人民出版社1981年12月版。

师哲回忆，李海文整理：《在历史巨人身边：师哲回忆录》，中央文献出版社1991年12月版。

王行娟：《贺子珍的路》，作家出版社1985年12月版。

吴德坤主编：《遵义会议资料汇编》，中央文献出版社2009年8月版。

伍修权：《回忆与怀念》，中共中央党校出版社1991年5月版。

伍修权：《伍修权回忆录》，中国青年出版社2009年7月版。

杨尚昆：《杨尚昆回忆录》，中央文献出版社2007年7月版。

张国焘：《我的回忆》（下），东方出版社2004年3月版。

张素华、张鸣主编：《领袖毛泽东·自述历程》（第一卷），中央文献出版社2003年12月版。

中共中央党史研究室、中央档案馆编：《中共党史资料（第100辑）》，中共党史出版社2006年12月版。

中共中央党史研究室、中央档案馆编：《中国共产党第七次全国代表大会档案文献选编2》，中共党史出版社2022年7月版。

中共中央党史研究室编：《红军长征纪实丛书·红一方面军卷 3》，中共党史出版社2016年10月版。

中共中央党史研究室图书资料室编：《中共六十年纪念文选》，中共中央党校出版社1982年3月版。

中共中央党史资料征集委员会、中央档案馆编：《遵义会议文献》，人民出版社2009年7月版。

中共中央文献研究室、中央档案馆编：《建党以来重要文献选编（一九二一——一九四九）》（第六册、第十二册），中央文献出版社2011年6月版。

邹贤敏、秦红主编：《博古和他的时代——秦邦宪（博古）研究论集》（上、下册），当代中国出版社2016年1月版。

曾志：《百战归来认此身：曾志回忆录》，人民文学出版社2011年3月版。

（美）埃德加·斯诺：《西行漫记》，董乐山译，解放军文艺出版社2002年6月版。

（美）哈里森·索尔兹伯里：《长征——前所未闻的故事》，过家鼎、程镇球、张援远等译，解放军出版社1986年5月版。

（德）奥托·布劳恩：《中国纪事》，李逵六等译，东方出版社2004年3月版。

胡松涛

作家、学者，著有《毛泽东文谭》《向毛泽东学习写文章》《毛泽东影响中国的88个关键词》《辋·王维》《延安繁露》《延安典故》及长篇小说《嫘祖》等。其中，《毛泽东文谭》（与陈晋合著）荣获2023年度"中国好书"，《毛泽东影响中国的88个关键词》获第四届中国人民解放军政治理论研究优秀成果著作一等奖，《民间的阳光》获第九届中国人民解放军文艺新作品奖，《延安繁露》入选2021年中国当代文学最新作品排行榜。